풋살은
처음입니다만

김재연 지음

풋살은 처음입니다만

초판 1쇄 인쇄 2024년 7월 20일
1쇄 발행 2024년 7월 31일

지은이 김재연
대표·총괄기획 우세웅

책임편집 김휘연
기획편집 강수아
북디자인 김세경

종이 페이퍼프라이스㈜
인쇄 ㈜다온피앤피

펴낸곳 슬로디미디어
출판등록 2017년 6월 13일 제25100-2017-000035호
주소 경기 고양시 덕양구 청초로66, 덕은리버워크 지식산업센터 A동 15층 18호
전화 02)493-7780 **팩스** 0303)3442-7780
홈페이지 slodymedia.modoo.at **전자우편** wsw2525@gmail.com

ISBN 979-11-6785-213-7 (03810)

'경쟁'은
개인이나 집단 간의 능력을
서로 겨루는 상황에서도
서로 협력하며 상대를 배려하고
정정당당하게 경기에 임하는 가치이다.

- 2015 개정 체육과 교육과정 -

추천사

최근 운동장을 지나다 보면 유니폼을 맞추어 입고 형형색색의 풋살화에 각자의 개성을 보이는 각종 악세서리로 멋을 낸 여성 풋살 팀들을 어렵지 않게 볼 수 있습니다. 몇 년 전만 해도 여성 풋살 팀의 활동을 찾아보기 어려운 건 물론이며, 남성 팀들 또한 축구공과 풋살 공을 구분하지 못하고 5인제 스포츠라는 것도 모르면서 즐기는 분들이 대다수였던 것에 비하면 최근에는 많은 분들이 생활체육으로 정식 풋살을 즐기시는 것 같아 선수로서 가슴이 뜨겁습니다.

이제 가까운 곳에서 원하는 시간대에 가볍게 풋살

을 즐길 수 있는 환경들이 갖추어졌습니다. 이 책을 읽고 남녀노소 풋살이라는 스포츠에 관심을 갖고 도전할 수 있는 용기를 얻길 바랍니다.

오우람_프로 풋살 선수
(전) 고양불스풋살클럽 소속
(현) 쿠알라룸푸르시티풋살클럽 소속

여자들이 제일 싫어하는 남자들의 이야기는 1위 군대 이야기, 2위 축구 이야기, 그리고 그보다 0위 군대에서 축구한 이야기라고 하는데, 여기 여자들이 풋살하는 이야기가 책으로 나왔다.

2002년 빨간 티셔츠를 입고 목이 터지도록 손바닥이 닳도록 응원을 일삼던 꼬마소녀들이 성인이 된 2020년대. '남자는 축구, 여자는 피구'라는 공식 속에 지내온 학창시절을 졸업하고 '여성 풋살 신드롬'을 만들어가고 있는 지금, 공감 가는 이야기가 가득해서 나도 운동장에 서있는 기분이 들었다. 경기를 하면서 느끼는 흥분감, 선의의 경쟁이 가져다주는 짜릿함과 기쁨들을 활자로나마 생생하게 접해 볼 수 있는 책. 이 책을 읽으며 가슴 뛰는 설렘을 느꼈다면, 당신은 아마 곧 풋살장으로 향하게 될 것이다.

전해림_고등학교 교사
한국여자축구클럽연맹 부회장
여교사축구동호회 FC원더티처 주장

“즐기는 스포츠가 있나”는 질문에 그렇다고 답할 성인 여성은 얼마나 될까. 전체 여성의 60%가 생활 체육을 향유한다지만, 구기 스포츠를 즐기는 이는 그중 4%도 되지 않는다. 나는 여성 인구 중 다수(?)에 속하는, ‘개발’이다. 공으로 하는 건 다 못하는데 발로 하는 걸 제일 못한다. 아니, 못한다고 생각해왔다. 책을 읽으면서 비로소 처음으로 궁금하다, 언제부터 그렇게 생각했을까? 공을 잘 찰 수 있게 될 때까지 연습해본 적도 없었으면서 스스로 한계를 얼마나 작게 그어왔을까.

여러분이 나와 비슷한 사람이라면, 이 책을 읽어나가면서 저자와 한 몸이 된 듯한 착각을 하게 될 터다. 내가 그랬다. 이 재미난 도전기를 읽는 동안엔, 해본 적도 없던 풋살이 마치 내가 오래 즐겨온 스포츠인 것처럼 느껴졌다. 밟아본 적도 없는 그라운드가 그리워진다.

이 책은 기회가 부족했던 많은 여성들에게 떨리는 킥오프의 순간을 안기고픈 마음을 담아, 풋살장으로 일단 가볍게 와보라는 상냥한 초대장이다. 새내기 풋살러가 도전 과정마다 보여주는 마음가짐, 그러니까 자신의 부족한 점을 제대로 인정하고 더 잘해내고 싶어 하는 향상심을 키워나가는 과정이 스포츠 정신 그 자체라, 읽는 이의 마음에도 용기를 심는다. 소심한 모험가가 들려주는, 사실은 내내 용감한 이 분투기에 함께하다 보면, 책을 덮을 때쯤엔 평생 내 것이 아니라 여겼던 스포츠에 가슴이 뛸 것이다. 부디 이 초대에 응해 서로 밀쳐도 보고 흘겨도 보고 넘어져도 보다가 결국 스포츠로 하나 되는 경험을 하게 되길 바란다. 우리 함께 용감해져보자.

황고운_초등학교 교사
초등 성평등 교사모임 〈아웃박스〉

차례

하프타임 5분

후반전 20분

일러두기

- 작가 본인, 축구 선수, 〈선구자들〉의 두 분을 제외한 이 책에 나오는 모든 인물의 이름은 가명입니다.
- 본문에서 언급되는 해당 도서의 소제목과 정기 간행물 및 프로그램명 표기는 구분 없이 모두 홑화살괄호(〈〉)를 사용하였습니다.
- 이 책의 본문은 '을유1945' 서체를 사용했습니다.

킥오프 Ready

킥오프

2002년에 몇 살이었어?

“2002년에 몇 살이었어?”

20년이나 지났지만 아직도 세대를 막론하고 모두에게 통하는 질문이다. 심지어 이 질문으로 내 주변 2002년 이전 출생자들의 출생 연도를 대략 나눠볼 수도 있었다. 자, 한번 맞혀보겠다. 이렇다 할 기억은 없지만, 어릴 적 자신이 붉은 악마 티셔츠를 입고 있는 깜찍한 사진을 갖고 있는가? 그렇다면 추측건대 당신은 1997년 이후에 태어났을 것이다. 대한민국 경기가 있는 날이면 암묵적으로 학교 야간자율학습이나 학원 수업을 빼고 거리로 달려

나간 적이 있는가? 그렇다면 당신은 아마도 늦은 1980년대생일 것이다. 이도 저도 아니라면 당신은 더 자유롭게 그때를 즐겼을 성인, 즉 이른 1980년대 이전 출생자이거나 아니면 아예 내 또래일 텐데.

빠른 1992년생인 나는 초등학교 5학년이었다. 당시 축구는 '공 쫓아다니다가 상대편을 피해 골 넣는 것이다' 정도밖에 몰랐던 내게 2002 월드컵이 기억에 남는 이유는 가족과 함께했던 순간들 덕분이다. 몸에 해로운 건 그게 무엇이든 절대 못 하게 하던 엄마가 그때만큼은 뺨이며 손등에 월드컵 판박이 스티커를 하게 허락해주셨던 순간. 또, 날씨 좋은 초여름밤 아빠 손을 잡고 달뜬 동네를 들뜬 발걸음으로 거닐던 순간.

한 살 어린 1993년생 남동생은 워낙 어릴 적부터, 본인의 말을 빌리면 초등학교 1학년 때부터 축구광이라 2002 월드컵 당시의 느낌을 나보다 좀 더 또렷하게 기억하고 있었다. 스페인전이 끝나고 태극기를 흔들며 동네 이곳저곳을 뛰어다녔던 것도, 아파트 베란다 문을 열고 동네 사람들과 같이 환호했던 것도. 그리고 독일전 패배 후에는 엄마 품에 안겨 엉엉 울었던 것조차도 말이다.

경기장 바깥에서 너나 할 것 없이 함께 한 응원도

그렇지만 경기 자체로도 얼마나 멋졌던가. 대한민국 월드컵 역사상 손에 꼽히는 경기라고 일컫는 이탈리아전, 안정환 선수의 골든골과 로맨틱한 반지 세리머니를 보며 수많은 국민이 가슴 떨려하며 희열의 눈물을 흘렸다. 물론 골키퍼 이운재 선수가 빛났던 스페인전도 빠지면 섭섭하지. 스페인전은 내게 '승부차기'라는 개념을 처음 알려준 경기이다. 복불복의 쫄깃함이라고 해 봤자 문방구의 100원짜리 종이뽑기판밖에 몰랐던 내가 승부차기를 알고 나서는 친구들과 수많은 공기와 알까기 승부차기를 했었더랬다. 아, 그리고 황선홍 선수. 안정환 선수가 연예인처럼 일약 스타덤에 오르는 와중에도 나는 황선홍 선수를 가장 좋아했다. 텔레비전 화면에 열심히 뛰고 있는 그가 나오면 왠지 모르게 좋았는데, 지금 생각해보면 당시에 신화나 지오디 같은 아이돌 가수를 잘 몰랐던 내게 황선홍 선수가 첫 '오빠'이지 않았을까? (이것을 시작으로 바로 다음 해에 데뷔한 동방신기를 참 좋아했다.)

그렇게 아직 어린이와 사춘기 소녀 사이 어딘가에서 조수미의 챔피언을 들으며 울고, 힘겨워하는 선수들의 연장전을 보며 맘 아프게 발을 동동거렸던 그 시절. 그 한 달을 함께 누렸던 이들과의 추억을 어찌 잊을 수 있을까.

초등학교 3학년 때, 얼음땡에 재미 들려 비공식 얼음땡 모임을 만든 적이 있다. 함께 노는 친구들의 구성과 노는 장소가 매번 바뀌는 게 불편해 아예 얼음땡 동아리처럼 바꿔 버리고 수첩에 자주 참석하는 친구들의 이름과 연락처, 사는 동네를 적어서 직접 관리를 했다. 초등학교 6학년 때는 피구에 빠져, 전학 온 지 얼마 되지 않았음에도 마음 맞는 친구들을 찾아 방과 후에 그렇게 피구를 해댔다. 그래서일까? 2002 월드컵을 지켜보며 반짝 생긴 관심으로 동생처럼 공을 차러 다녔거나, 친구들과 모임을 만들면 어땠을까 하는 생각이 뒤늦게나마 들기도 한다.

꼭 월드컵이 아니더라도 우리 집 남자들 덕분에 나는 축구에 많이 노출되며 자라긴 했다. 아빠는 조기축구회 회원이 아닌 것이 더 이상할 정도로 축구를 좋아하시는 분이기도 하고, 동창 분들은 지금까지도 우리 아빠를 '축구 잘했던 애'로 기억하신다고 한다. 또, 동생은 앞에서도 말했듯 유명한 축구 사랑꾼이었다. 천식으로 쌕쌕 가쁜 숨을 몰아쉬느라 오래 뛰지도 못하면서 꽤 진지한 표정으로 줄기차게 공을 차러 다녔고, 책장에는 월별로 수집한 축구 잡지 〈베스트일레븐*BestEleven*〉과 〈포포투*FourFourTwo*〉를 빼곡히 꽂아두었다. 그것도 모자라 마치 포켓몬 스탯 외우듯

각종 리그별 축구선수의 공격력과 수비력, 심지어 연봉까지 달달 읊을 줄 알았다. 반면 어린 내게 "무엇이 너를 가장 즐겁게 하느냐?" 물으면 "책"이라고 대답하지 않았을까. 엄마 친구 집에 놀러 가도 누가 나를 찾기 전까지는 엄친딸의 방에 틀어박혀 그 집 책을 몇 권씩 읽을 정도로 독서를 좋아했다. 그래서 나를 축구 클럽이 아닌 독서 논술 학원에 보내주신 것은 어쩌면 당연한 일이었으리라.

어쨌든 축구에 대한 내 기억은 2002 월드컵 언저리에 머물고 있을 뿐이라 그 후 십수 년 동안 가족과 축구를 볼 때마다 끊임없이 떠오르는 물음표를 어찌할 줄 몰랐다. 이 선수가 왜 저 선수에게는 공을 보내주지 않을까? 골키퍼는 왜 자꾸 고래고래 소리를 질러대는 거야? 등 번호에는 무슨 의미가 있지? 발끼리 스치기만 했는데 저렇게까지 아파한다고? 옆에 있는 아빠와 동생이 나누는 대화 역시 여전히 이해할 수 없었다. 더구나 경기 중간 중간 내가 던지는 질문은 그저 허공을 맴돌다가 그들이 내지르는 함성 속으로 사라져버릴 뿐이니 말이다.

돌아보면 웃기면서 짠한데, 그렇게 호기심만 안고 나이 먹은 내가 선택한 방법은 결국 또 책이었다. 지금도 선명하게 기억난다. 한 지하철 역사 내 서점에서 산 《축구

아는 여자이은하 저, 나무수, 2010》. 목차 맨 처음에 등장하는 〈축구 늦둥이를 위하여〉라는 소제목에 마음이 저릿해서 샀지만 결론적으로는 머리에 남아 있는 것이 별로 없다. 아마 직접적으로 해소하지 않은 갈증으로부터 오는 한계였을 것이다.

그래서 이 책의 정체가 대체 뭔데? 하다가 아, 공을 직접 차보고 몰아보며 책만으로는 부족했던 답을 찾은 이야기, 즉 여자 축구를 경험해보고 쓴 이야기구나! 싶겠지만 반만 맞고 반은 아니다. 직접 한 것은 맞지만 축구가 아닌 '풋살'을 시작한 이야기이다. 거창하게 월드컵 이야기로 포문을 열어놓고서는 기왕 용기 내본 것이 왜 축구가 아닌 풋살인지 의아하게 보일 법도 하겠다. 그런데 막상 이야기의 주인공인 나조차도 그 질문에 답을 하라고 하면, 음, 애매한데 글쎄요?

'왜 풋살이었을까?'

내가 보고 듣고 느낀 것을 글로 전해야겠다고 결심한 순간부터 진지하게 생각해봤다. 왜 풋살이었지? 나한테도 그랬듯 잘 모르는 사람 눈에 축구와 풋살은 규모만 다를 뿐 거의 같은 것으로 비칠 것이다. 그러나 둘은 엄연히 다른 종목이다. 우선 경기장 규격과 경기 인원부터 차이가 난다. 축구 경기장의 크기는 최소 45~90m에서 최대 90~120m이지만(IFAB 2021/22 경기규칙서 규칙 제1조), 풋살 경기장의 크기는 최소 18~38m에서 최대 22~42m로 필드의 넓이를 비교할 때 차이가 가장 크다. 일반적인 경기 인원의 수도 축구는 22명, 풋살은 10명으로 풋살 인원이 축구 인원의 절반도 되지 않는다. 이 외에도 사용하는 공의 크기, 신발의 종류, 경기 시간, 세부 규칙도 다른데 대부분 축구의 것보다 풋살의 것이 더 작거나 적거나 짧거나 간단한 편이다. 그래서 풋살이 '미니 축구'라고 불리기도 하나 보다.

비록 축구와 풋살이 원칙적으로는 대회도, 대표팀도, 규칙도 따로 있는 독립적인 스포츠인 걸 알면서도 내가 한번 해볼까 떠올렸던 것은 축구나 정식 풋살이 아니라 '미니 축구'에 가까운 형식의 풋살이 먼저였다. 왜냐고? 일단, 나이 들수록 취미를 위해 낼 수 있는 시간이 점점 짧아지는 상황에서, 풋살은 적은 인원으로도 경기가 가능하다는 점이 축구보다 매력적이었다. 또, 한국처럼 땅덩이 좁은 나라에서 축구장보단 풋살장을 찾기가 훨씬 쉽기도 했고.

안 그래도 여자에게 진입 장벽이 높은 스포츠인데

필요한 조건을 충족하기 녹록지 않은 축구나, 축구보다 더 생소한 정식 풋살에 먼저 다가가기는 아무래도 어려웠다. 결국 내가 낼 수 있는 가용 용기가 부족해서였다면 납득 가능한 대답이 될까?

결론적으로 앞으로 나올 내 이야기 속 풋살은 전부 '미니 축구에 가까운 풋살'이다. 프로 풋살 선수의 눈으로는 '축구와 풋살이 짬뽕 된 혼종 스포츠'를 하는 것으로 보일지도 모르겠다. 뭐, 사실 내가 하고자 하는 이야기 안에서는 축구와 풋살을 칼같이 구분하는 게 큰 의미가 없다. 내 이야기는 풋살에 대한 전문적 지식에 대한 것이 아니기 때문이다.

내 이야기가 실릴 이 책은, 꽤 옛날에 가지고 있었던 축구에 대한 호기심을 20년 가까이 잊고 살던 내가 아주 사소한 계기로 풋살에 홀랑 빠지게 되면서 보고 들은 온갖 장면과 그 장면 속 나의 소회를 담은 책이며, 과거의 나를 포함하여 풋살이든 축구든 직접 해보고 싶지만 축구 클럽보다는 서점이 더 친숙할 이들에게 바치고 싶은 책이다. 나아가 나이, 성별, 인종 등의 제한된 조건으로 크고 작은 도전을 시작하기 두려워하거나 포기하고 싶은 모두에게 공감과 위로, 그리고 연대 의식을 전하고 싶다. 여러

분 주변에 흔하게 있을 나 같은 자그마한 사람도 별 대단하지 않은 이유로 나와 반대되는 사람들의 전유물에 도전하고 넘어지고 일어나고 있으니까 우리 같이 힘내보자고 말이다.

마지막으로, 나처럼 매년 낯선 교실에서 낯선 사람들과 새로운 도전을 해야만 하는 나의 제자들, 내가 영원히 사랑할 과거·현재·미래의 그들에게 "너희 옆의 선생님이 바로 너희의 동지이기도 하다"라며 용기까지 가득 줄 수 있다면 그보다 더한 행복은 없을 것이다.

–

전반전 20분

4호? 5호?

본격적으로 이야기가 시작됐으니 이실직고부터 해야겠다. 나는 풋살을 아직도 잘하지는 않는다. 마치 '풋살 6개월 만에 팀의 주장을 달았다고? 타고났나?'라고 생각하게끔 목차를 써놓긴 했지만, 진실이긴 하나 진짜배기 실력파 주장은 아니다.

사실 나는 몸치다. 머리로 이해하지 못한 것은 몸으로도 해낼 수 없는 안타까운 감각을 지녔다. 댄서들의 경연 프로그램이었던 〈스트릿 우먼 파이터〉가 한창 유행할 때 주변 사람들은 내게 최악의 댄서를 가리는 〈스트릿 뚝 딱 파이디〉가 생긴다면 그 프로그램에 꼭 나가라고 했다. 반드시 순위권에 들 것이라고.

그리고 나는 통뼈 소유자다. 그것도 하체만 통뼈다. 의심의 여지 없이 아빠 쪽으로부터 온 유전자다. “내 다리는 왜 아빠 다리만 닮았어? 얇은 엄마 다리를 닮았으면 좋았을 텐데!” 20년 넘게 지속된 내 투정에 아빠는 늘 머쓱해하셨고 엄마는 웃기만 하셨다. 거기에 나랑 똑같은 종아리를 가진 고모들은 한 술 더 얹어 “늙어 보면 축복이라고 여기게 될 것”이라며 내 투정을 일축하시곤 했다. 뭐, 어른들 말씀대로 약-간 늙어 보니 튼튼한 발목과 견고한 무릎이 좋긴 하더라만. 문제는 통뼈가 달리기에는 비교적 불리한 조건이라는 것이다. 용가리 통뼈로 태어난 후로 나는 달리기를 좋아한 적이 단 한 번도 없다. 달리기로 돋보인 적도, 스스로 달리기를 잘한다고 생각한 적도 없다. 유일하게 자발적으로 달리기를 한 적이 한 번 있는데 그것도 보디 프로필 촬영 직전 곪은 배를 움켜쥐고 괴로워하며 한 것이라 좋은 기억으로 남아있지도 않다. 심지어 이때도 달리기 페이스가 느린 편이라 많은 이가 나를 앞질러 갈 때마다 나는 통뼈고 몸치라 그렇다고 애써 합리화하였다. 그렇게 달리기를 외면하며 살아오던 인생에 풋살이 들어오다니. 풋살을 하려면 달리기가 정말 중요한데 말이지. 그래서인지 내가 풋살을 시작한 이유가 대체 무엇인지 묻는 사람들이 많았다.

"네가 달리기를 얼마나 싫어하는지 아는데 갑자기 풋살을 한다고?"

"크로스핏은 이제 관뒀어?"

"크로스핏보다 풋살이 재밌어?"

나는 '크로스핏'이라는 복합성 고강도 운동을 6년 가까이 지속해왔을 정도로 크로스핏을 좋아하는 사람이었다. 오직 크로스핏을 잘하기 위해 웨이트 트레이닝까지 병행하곤 했으니 말 다 했다. 그러니 주변 사람들은 더욱 의아해했다. 어린 날 내가 가졌었던 축구에 관한 호기심은 물론이고 지금껏 질리도록 하던 개인 운동이 아니라 한 번도 안 해본 팀 운동, 그것도 구기 종목인 풋살에 도전하면 어떨지 궁금해하는지는 몰랐을 테니까 말이다(크로스핏은 회원 간 커뮤니티가 활성화된 편이라 그룹 운동처럼 보이지만 엄연히 개인 운동이다).

공식적으로 풋살을 시작하게 된 과정을 더 자세히 설명하면 이렇다. 내가 다니던 크로스핏 센터에 남자 풋살 단톡방이 있었다. 남자 회원들끼리 가끔 풋살 경기를 하느라 만든 방인데 시간이 흘러 몇은 멀리 이사 가고, 몇은 센터를 그만두게 되어 유명무실해졌다고 한다. 그러던 어느 날, 내가 풋살을 시작해볼까 지나가듯 말한 지 이틀 정도 됐으려나. 스포츠 방송을 보는 것만 좋아했지 하는 것에는 관심이 없던 남자 회원 강우가 내게 자극을 받았다며 그 단톡방을 활성화했다. 그래서 덩달아 나도 물 들어올 때 노 젓자 싶어 센터 커뮤니티에 글을 올렸다.

> 제목: 풋살 하실 여자 회원님 구합니다!
>
> 안녕하세요. 저와 풋살을 시작할 여자 회원님을 찾습니다.
>
> **- 심폐지구력 향상을 원하는 분**
> **- 구기 스포츠를 좋아하는 분**
> **- 팀 운동이 잘 맞는 분**
> **- 축구, 풋살 경험이 있는 분**
> **- 축구, 풋살 해보고 싶은데 남자'만' 있는 곳은 어려운 분**
>
> 모두가 원한다면 앞으로 남자 회원님들과의 혼성 경기도 계획하고 있습니다. 부담 갖지 마시고 댓글 남겨주세요!

호기롭게 글은 올렸다만 아무도 관심이 없을까 뒤

늦게 걱정이 되었다. 아무래도 처음부터 아는 사람 없는 곳에서 풋살을 시작하기에는 나의 용기가 조금 부족한 모양이었다. 그러나 걱정이 무색할만큼 모집 홍보 글에 열 분 넘는 여자 회원들의 댓글이 달렸다. 여자 풋살을 신기해하는 동시에 환영하고 응원하는 남자 회원들의 댓글도 꽤 달렸다. 생각보다 반응이 좋아 놀라운 동시에 설레었다. 나랑 같은 갈증을 느낀 사람들이 많구나!

며칠에 걸쳐 댓글 남긴 모든 분을 초대해 여자 풋살 단톡방을 만들고 모두의 동의 하에 남자 풋살 단톡방과 우리 단톡방을 합쳤다. 그날부터 마음만큼은 내가 바로 손흥민 선수이고 지소연 선수였다. 그들이 내 글에 댓글을 달았다는 이유로 책임감을 느끼며 유튜브와 인터넷 백과사전으로 풋살 공부도 시작했다.

'풋살에서는 공격수가 아니라 피보라고 하는구나.'

'축구공은 5호고, 풋살공은 4호네?'

'풋살에서는 터치아웃 되면 스로인*경기장 안으로 공을 던져 넣는 것* 하지 않는구나. 무조건 킥인*공을 발로 차서 넣는 것*으로 재개하네.'

'스프린트*순발력이 좋고 속도가 빠른 것 혹은 단거리 레이스*를 잘하면 훨씬 유리하겠다.'

'오프사이드 반칙이 없다니, 신기하네.'

사람 마음 참 우습다. 그날 이후로 그렇게도 싫어하던 달리기를 나름의 기초 훈련 삼아 시작하게 되었으니 말이다. 집 근처 호수공원 한 바퀴 4.8km를 주 1회씩. 기왕 하기로 했으니 달리지를 못해서 풋살을 그만두는 일은 없어야 할 것 아닌가, 다들 내 글 하나 보고 멋진 도전을 하기로 했는데 내가 본보기를 보여야 하잖아! (당시의 나는 '아무도 주지 않은 책임감'을 혼자 과도하게 느끼고 있었다.)

풋살화도 내가 사는 동네의 축구 용품 매장에 전화를 싹 돌려서 물량이 있는 곳을 알아내자마자 바로 달려가 구매했다. 처음 들어간 곳에서 처음 신어본 것이 마음에 들어 고민 없이 결제했는데, 당시에는 이조차도 엄청난 운명처럼 느껴졌다.

2022년 4월 30일. 새 풋살화를 개시한 날이자, 풋살 머리 올린 날. 참석한 사람 수가 많아 혼성이 아닌 여성 쿼터, 남성 쿼터로 성별을 나누어 진행했다(여기서 말하는 '쿼터'는 게임 한 판, 두 판 할 때의 '판'으로 정식 경기의 전반전, 후반전과는 다른 개념이다. 문서화된 규정이 있는 대회에서는 전반전과 후반전의 소요시간을 정확히 명시하여 진행하지만 동호회 내 친목 경기에서는 전, 후반전 구분 없이 경기 한 쿼터, 두 쿼터 등으로 진행하기도 한다).

이론은 대강 익혀 갔지만 실전에서는 아무것도 소용이 없었다. 특히 나를 포함한 여자 회원 대다수에게는 그날이 태어나 공을 처음 차는 날이었다. 동호회에 불과하니 우리를 정식으로 가르쳐 줄 코치님이나 감독님이 있을 리도 만무했다. 그래도 다들 크로스핏으로 다져진 체력에는 자부심이 있었는지 아무 훈련도 연습도 없이 일단 냅다 뛰어보겠다고 그라운드 위로 올라섰다.

"이 방향으로 가는 거 맞지? 맞지?!"

"공이 왜 이상한 데로 날아가지? 분명 저쪽으로 찼는데!"

"아, 너무 웃겨. 광대가 아파서 못 뛰겠어."

이제 와서 가장 후회되는 것 중 하나는 그날의 그 쿼터를 영상으로 기록해두지 않은 것이다. 길들여지지도 않은 새 풋살화 한 켤레만으로 모든 준비를 갈음하고, 각자의 열정과 패기로 자신을 똘똘 무장한 우리 여자 회원들의 역사적인 첫 쿼터. 얼마나 서투르고 또 얼마나 멋졌을까. 그 기록이 없는 게 뒤늦게 퍽 아쉽다.

10분 내내 우린 넘어지지 않는 데에만 해도 이미 상당한 힘을 쏟고 있었을지 모른다. 그래도 그런 와중에 엄청나게 많이 웃었고 진심으로 재미있었다. 지하 센터에서 머리 위로 무거운 바벨을 드는 운동만 하다가, 지상에서 시원한 바람을 맞으며 달리니 해방감까지 느껴졌다. 연이은 운동량 신기록 달성에 손목 위 스마트워치도 온갖 찬사를 보내왔다. 몇 남자 회원들도 처음 하는 것치고는 잘했다며 우리를 더 뿌듯하게 만들어주었다. 물론 지금 생각해보면, 그들도 동호회의 평탄한 앞날을 위해 많은 말을 삼켰으리라.

어쨌든 우리의 서툰 마음만 앞세우다 서로의 발끼리 맞부딪혀도, 생각보다 빠르게 지나가는 공의 속도에 놀라 몸개그를 해도, 스코어는 아무도 신경 쓰지 않고 우리끼리 좋아 죽었다. 분위기가 뜨거웠다. 어영부영 만들어지긴 했지만 이 혼성 풋살 동호회가 지속될 것이라는 강한 확신이 들었다.

다음 날, 풋살 경험도 자랑할 겸 잔뜩 부푼 마음으로 부모님 댁에 놀러 갔다. 크로스핏에 이어 풋살까지 함께 하게 된 남동생에게는 어서 나를 칭찬하라 엄포를 놓고

저녁 내내 혼자서 천진난만했다. 그런데 식탁 위 어항을 보고 문득 전날 생각이 났다. 물고기 밥을 톡톡 뿌리면 와르르 떼로 몰려오는 구피 물고기들. 우리를 구경하던 누군가가 했던 말과 함께.

"다들 너무 공만 우르르 쫓아가네! 그럼 자리는 누가 지켜?"

헉. 그러고 보니 정말로 그랬다. 밥 쫓아가는 물고기처럼 우리도 너무 공만 쫓아다닌 것 같았다. 아니, 아무리 첫날이라지만 이거 너무 폼이 안 나는데? 그러고 보니 골대 앞은 누가 지켰지? 패스가 되긴 했나? 고장 나서 부드럽게 흘러가지 않는 주마등이 머릿속에서 삐걱거리는 기분이었다. 그러자 마음속에 충만했던 행복이 조금씩 사그라들기 시작했다. 그리고 뇌리에 들어차는 한 가지 생각, 자꾸 주먹을 불끈 쥐게 하는 그 생각!

'잘하고 싶다!'

전반전

사단장 뭇살

나는 학교에서 학생을 가르치는 일을 하고 있다. 가까운 거리에서 그들의 무궁무진한 잠재력을 관찰하다 보니 인간이라는 존재는 무언가를 '잘해서 좋아하게' 되는지, '좋아해서 잘하게' 되는지 궁금해졌다. 아이들에게 너희의 생각은 어떠냐고 물으면 그들은 큰 고민 없이 그들의 경험에서 비롯된 답을 내어준다. 원래부터 운동을 잘해서 체육이 제일 좋다는 아이도 있었고 소설과 드라마를 좋아해서 시간 날 때마다 책을 읽다 보니 어려웠던 글쓰기를 잘하게 됐다는 아이도 있었다. 다양한 답변 모두 나름대로 일리가 있어 아직도 명쾌한 하나의 정답은 찾지 못했다.

'경우'에 따라 달라지는 것이라 그런가 싶기도 하다.

'나와 풋살'의 경우, 훗날 내가 스스로 인정할 정도로 풋살을 잘하게 된다면 정답은 바로 '좋아해서 잘하게 되었다'일 것이다. 그러니까 지금은 호기심에서 호감 단계로 갓 올라간, '좋아졌으니까 잘하고 싶다' 정도의 단계에 머물러 있는 것이다. 풋살 잘하고 싶다! 그래서 대체 잘하려면 어떻게 해야 하는 건데?

한때 "1만 시간의 법칙"이라는 말이 유행한 적이 있다. 어떤 것이든 1만 시간을 투자한다면 전문가가 될 수 있다는 개념이다. 1만 시간은 하루도 빼먹지 않고 매일 3시간씩 10년 정도 지속해야 채울 수 있는 긴 시간이다. 그만큼 일정 시간을 꾸준하게 오래 투자해야 무엇이든 잘할 수 있는 것이라고 초월적으로 이해하고 단순하게 결심했다.

'풋살을 잘하려면 꾸준히, 오래, 많이 해야겠구나. 어디 한번 1만 시간을 목표로 가보자고.'

크로스핏 센터 회원들과 만든 혼성 풋살 동호회의 첫 모임을 성황리에 마친 후 물 흐르듯 자연스럽게 다음 모임을 잡았다. 그 모임 후에는 또 다음 모임을 잡으며 5월은 2주에 한 번씩, 6월은 매주 한 번씩 공을 찼다. 개인적으로는 이때가 처음이자 마지막으로 가장 해맑은 마음을 가지고 모임에 참여한 시기였던 것 같다. 호기심에서 호감 단계로 나아갔다지만 주워듣던 이야기나 인터넷에서 검색한 것 말고는 풋살에 대해 무지했으니 다른 사람이랑 나를 비교하기라도 했겠나, 아니면 골 못 넣는다고 속상해하기를 했겠나. 풋살을 한 번도 해본 적 없는 회원들이라면 전부 똑같이 못했고 모두 비슷한 실수를 하고 있었으니 오히려 두어 번이라도 공을 받기라도 하면 "자리 잘 잡았네?" 하고 칭찬받았다.

그러다가 어느 순간부터는 풋살 할 때마다 자꾸 멀미가 나기 시작했다. 단순히 비효율적으로 뛰어다녀서 몸이 힘든 게 아니라 차멀미처럼 속이 울렁거렸다. 원인을 곰곰이 생각해보니 공을 쫓느라 하도 고개를 바닥에 틀어박고 뛰어서 진짜로 멀미가 난 것이더라. 그 후, 내 맘대로 명명한 '풋살 멀미'가 도질 때마다 의식적으로 고개를 들어 멀리 앞을 보려고 노력했다. 그런데 그렇게 잠시라도 고개를 들면 왠지 모르게 너무 잘 되는 거다. '패스', '드리블', '슛'이라고 정식으로 부르기에는 어정쩡한 것들이긴 했지만 뭐 어쨌든 그랬다. 그게 6월 초였다. 시작한 지 겨

STADIUM

우 한 달. 즉, 1만 시간 중에서 10시간 했을까 말까 한 시기. 아무도 알려주지 않았는데 고개 몇 번 들었다고 좀 실력이 늘은 것 같은데? 처음의 해맑은 마음에 출처 모를 이상한 자신감이 슬쩍 들어온 줄도 모르고 딱따구리처럼 고개를 박았다 들었다 하며 열심히 뛰어다녔다. 이쯤부터 동호회 회원끼리 서로 친해지면서 혼성 쿼터 경기의 비중이 높아졌다. 그리고 서로 영상을 찍어 단톡방에 줄줄이 공유하곤 했다. 그렇게 받은 영상을 하루 종일 돌려보는 것이 당시의 낙이었다. 특히 내가 나오는 부분을 반복 재생하면서 다른 사람들의 움직임에는 별 관심 없던 천둥벌거숭이의 낙. '그날' 전까지만 해도 말이다.

2022년 6월 18일. 그날은 남자 풋살 단톡방의 기존 회원이지만 멀리 이사 간 후 자주 나오지 못하던 병윤이 오랜만에 놀러 온 날이었다. 평소에도 재간둥이인 그는 풋살도 재치 있게 하는 실력자였다. 나름 실력도 좋겠다, 나랑 친하기도 하겠다, 병윤은 그날 두 시간 내내 자신이 낚아채 온 공을 어떻게든 내게 직배송해주려고 노력했다. 내가 그 공을 놓쳤는지 받았는지 받아서 어떻게 했는지는 중요하지 않다. 그가 경기를 마치고 엄지손가락을 척 올리며 한 말이 내게 신선한 충격을 줬다는 것이 중요하다.

“누나, 저 오늘 완전 여단장 풋살 했어요. 아니, 사단장 풋살 했어요. 열심히 했습니다!”

뭐, 뭐라고? 네이버에 바로 검색. 여단장은 원스타, 사단장은 투스타. 그러니까 병윤은, 아니 그뿐만 아니라 나보다 잘하는 이들 모두가 일개 병사요, 내가 무려 투스타였단 말이잖아? 그러니까 병사들이 사단장을 위해 공을 몰아주고, 사단장 가시는 길도 전부 터주고, 심지어 골키퍼조차도 너무 티 나지 않을 정도로만 불성실하게 공을 막으며 따봉을 날리는, 그런 경기를 해줬다는 거지.

그랬다. 1만 시간 중에서 10시간 했을까 말까 한 시기에 내가 잠시 느낀 ‘출처 불명 근거 불명 자신감’은 얼마나 가벼운 것이었나. 진지하지 않은 상대를 진지하게 상대해서 얻은 자신감이라니, 다소 한심했다. 아니, 그나마 사단장보다 높은 군단장 풋살이 아니어서 다행인가? 하하하.

실제로 그간의 경기 영상을 다시 보니 발발거리는 내 뒤에 우쭈쭈하는 표정으로 나를 보는 회원들이 있었다. 어째서 지금껏 나는 나만 본 걸까? 부끄럽기도 했지만, 동시에 오기가 들었다. 호기심에 시작한 것을 제법 진지하게 계속하고 있으니 이제는 성장하고 싶었다. 어느 정도 힘이 실려 온 공을 완벽히 소유하고 싶고, 단순히 고개만 드는 것이 아니라 시야를 제대로 넓히고 싶었다. 나아가 내가 원하는 상대의 발아래에 정확하게 공을 패스하고, 의도한 대로 도움을 주거나 슛을 하고 싶었다. 이 모든 것을 해내려면 일단 다른 사람의 패스를 안정적으로 받을 줄 알아야 했다. 하지만 굴러오는 공에서 잠시만 눈을 떼도 헛발질하기 십상이었다. 발을 조금만 높이 들어도 공은 발아래로 얄밉게 쏙 빠져나갔다. '4호 공이라서 빠져나가는 거야. 작아서!' 툴툴거리며 발을 낮춰 받으면 공이 발 어딘가에 모나게 맞아 예상치 못한 곳으로 튕겨 나가 버렸다. 으으, 어렵다. 유튜브에 기대어 혼자 해보려 하니 괜히 감 없는 내 몸만 원망하게 되었다. 어쩔 수 없이 한 수 접고, 구력 길고 실력 좋은 회원들에게 물었다. 너희들이 주는 공을 잘 받으려면 어떻게 해야 하는지.

"공을 밟을 줄 알아야지."
"공을 왜 밟아? 공은 차라고 있는 거잖아."
"일단 밟아봐."

밟으라길래 밟았다. 그랬더니 무게중심이 엉덩이로

쏠려 자세가 엉거주춤해졌다. 뒤로 넘어질까 봐 디딤발인 왼발을 계속 고쳐 딛자 아슬아슬하게 밸런스가 무너진 것도 여러 번.

"무게중심을 스스로 조절해봐. 자세가 너무 높고 곧으면 안 돼."

"몸을 낮춰야 고관절 가동 범위도 더 넓어져. 그래야 유연하게 다리를 벌려서 발 안쪽을 쓸 수 있게 된다는 뜻이야."

몸을 낮췄다. 알려주던 이가 푸핫 웃더니 내 사진을 찍어 보여주었다. 화면 속 나는 전혀 낮지 않은 하체로 꼿꼿이 바로 서서 허리만 새우처럼 기역 자로 구부리고 있었다.

"허리만 숙이지 말고, 다리까지 같이."

각기 저마다 조언해준 대로 몸 자체를 낮추니 신기하게도 다리가 벌어지는 범위도 더 넓어졌다. 허리만 구부렸을 때보다 움직이기도 편해졌다. 그 상태로 주발인 오른발로 공을 밟고, 디딤발인 왼발에 무게중심을 적절히 분배

하니 오른발로 공을 움직일 수 있었다. 이거 맞나?

"다시 패스해줄래? 몇 번 더 해볼게."

중간 중간 자세가 망가질 때마다 사진을 찍어 교정하고, 공이 발 안쪽에 맞지 않고 튕겨나가면 다리를 제대로 벌려 받았는지 계속 확인했다. 연습을 반복해 갈수록 도와주던 회원들이 주는 패스가 조금씩 강해졌다. 자세가 제대로 나오는 횟수가 늘어갈수록 공을 밟는 연습까지 이어서 진행했다. 눈 크게 뜨고 공이 발밑을 스쳐 지나가는 찰나에 발바닥을 45도로 세워서 갖다 대며 밟는 연습. '잘 밟았다!' 하는 순간에는 발에 공이 자석처럼 찰싹 달라붙었다. 그럴 때마다 묘한 쾌감과 만족감이 들었다. 나중에 이것이 습관이 되면 보지 않고도 기계처럼 밟을 수 있다고 했다. 1만 시간이 지나면 그렇게 될까? 일단 해보자. 밟는 순간 움직임이 뚝 끊기는 느낌이 아쉽긴 하지만 어쨌든 아예 흘려버리는 것보다는 백만 배 낫잖아. 게다가 방법을 알고 난 이후로는 혼자 연습할 때도 그렇게 막막하지만은 않게 되었고 말이다.

길게 뜨는 롱패스가 많은 축구에 비해 풋살은 낮게

깔리는 '땅볼' 패스가 더 많고 패스의 길이도 훨씬 짧은 편이다. 공중으로 뜬 공을 받으려면 발이나 다리, 또는 몸통으로 트래핑공을 멈추게 하는 일해야 하지만, 땅으로 빠르게 오는 공은 트래핑보다는 밟아서 받는 게 더 쉽다. 더구나 풋살 경기장에서는 한 사람이 커버해야 하는 공간이 상대적으로 좁아 상대 팀이 내 공간에 더 빠르게 침투할 수 있다. 그래서 축구 경기 중에는 미리 상대 팀의 위치만 파악해둔다면 인사이드나 아웃사이드로 패스받은 후, 꼭 발 바로 아래에 공을 소유해두지 않아도 되지만, 풋살 경기 중에는 상대편이 가까이 와도 안전할 수 있도록 공을 밟아서 완전히 내 것으로 소유해두는 것이 필요하다. 또한 공을 밟고 무게중심의 이동을 잘 이용하면 다음 움직임을 취하기도 편하다. 물론 능력이 된다면 인사이드나 아웃사이드로 공을 받아도 된다. 나 같은 초심자가 반복하게 되는 기초적인 실수를 예방하고, 몸 가까이에 공을 두는 연습을 하기 위해 밟을 뿐.

"밟아!"

배우고자 눈을 반짝이는 초심자에게 인색하기란 쉽지 않다. 감사하게도 우리 풋살 동호회의 회원들 역시

남녀노소 자신이 알려주고 고쳐줄 수 있는 부분에서는 힘껏 나를 도와주었고, 지금도 돕는 중이다. 근거 없는 자신감이 들어찰 때 스스로 빨리 눈치채고 더 미리 도움을 받았더라면 하는 후회가 약간 들긴 했지만, 더 늦지 않은 것이 어디냐 위로해본다. 1만 시간 채우려면 아직 멀었으니 말이다.

나처럼 공은 차거나 튀기는 것이지 왜 밟느냐고 물어볼 미래의 초심자들, 그리고 이런 나를 보며 과거의 자신을 떠올릴 현재의 선구자들에게 나의 우스꽝스러웠던 사단장 시절을 솔직하게 털어두니 속이 후련하다. 꼭 1만 시간이 지난 후가 아니더라도, 미래 어딘가에서는 억지로 대접해야 하는 사단장이 아니라 실제로 같이 뛰는 이들을 이끄는 '찐' 사단장이 되어 공을 잘 밟고 있기를 소망한다.

비록 무지에서 비롯됐던 처음의 해맑은 마음은 노을과 함께 서쪽으로 사라져 버렸지만, 이제는 성장 욕구에서 피어난 뜨거운 마음이 어스름한 새벽의 해처럼 동쪽에서 떠오르고 있었다.

피구가 더 좋아
0
DE BRUYNE
17

전반전

눈칫밥 뭇살

내가 가르치는 사람이 되기 전 카페에서 파트 타임으로 근무할 때의 일이다. 그 카페는 지하철역과 버스정류장 바로 앞에 위치하고 있어서 아침 오픈 시간부터 꾸준히 바쁜 곳이었다. 그러던 어느 날 아침은 이상하리만치, 배경 음악이 유난히 크게 들릴 만큼 손님이 없었다. 점장님과 나 사이에 어색한 침묵이 얼마간 흘렀을까, 내가 그만 '그 말'을 꺼내고 말았다.

"오늘따라 한가하네요."

"그러게요. 그럼 나 잠시 사무실에서 일 좀 볼게요.

바쁘면 바로 인터폰 줘요."

고객 응대와 음료 제조 모두 익숙할 때라 "아유, 염려 말고 다녀오세요" 하고 눈썹을 찡긋거리는 여유까지 보였더랬다. 그렇게 점장님이 2층 사무실 안으로 사라진 지 5분이나 됐을까? 갑자기 거짓말처럼 손님들이 들이닥치기 시작했다. 평소의 그 시간대보다 사람 수도 더 많았다. 순간 닭살이 돋았다. 영화도 아니고 이럴 수가 있나? 게다가 샌드위치 주문도 다양하고 음료 구성도 어찌나 복잡하던지. 주문받고, 컵 내놓고, 주문받고, 샷 눌러놓고, 다시 주문받고 빵 데우기를 반복…. 인터폰 수화기를 들 새도 없이 뺑뺑 돌다가 손님들 발소리에 놀라 내려온 점장님께 겨우 구원받았던 기억이 있다. 한바탕 전쟁 후 "이래서 입방정 떨면 안 된다"라며 둘이 한숨 돌리며 웃기도 했다.

말과 생각에는 힘이 있다. 그것도 매우 신묘한 힘. 그 힘은 잘 빠지지도 않거니와 작은 틈새만 있어도 그 틈을 얼른 비집고 들어와 퍼뜩 정신 차리라고 혼쭐을 낸다. 사단장 풋살로 근거 없는 자신감이 붙기 시작한 내게도 분명 그럴 만한 틈이 자잘하게 많이도 생겼겠지. 오늘따라

한가하다며 여유 한번 부릴라치면 평소보다 더 바빠지는 것처럼, 요즘 들어 풋살 할 때마다 나 좀 늘었는데~? 싶었을 때 어김없이 큰코다칠 일이 생겼다. 2022년 9월의 어느 날이었다.

바쁘디바쁜 현대사회, 단돈 만 원에 두 시간 동안 모르는 사람들과 풋살 경기를 할 수 있는 소셜 매치 플랫폼이 있다. '내가 하고 싶을 때', '내가 하고 싶은 곳에서', '오늘만 같은 편인 사람들과'라는 슬로건처럼 원하는 날짜와 시간, 지역, 성별 구성을 고르고 결제만 하면 끝이다. 해당일에 매니저에게 출석 체크를 하고 팀 조끼만 받아서 두 시간 동안 공 차다가 깔끔하게 집에 가면 된다. 출근 전 이른 시각이나 퇴근 후 늦은 시각에도 예약할 수 있어서 직장인들에게 큰 호응을 받고 있다고 한다.

내가 하는 혼성 풋살 동호회의 몇몇 남자 회원들도 가끔씩 그 서비스를 이용한다는 걸 이미 알고는 있었다. 그러니까 좀 더 어렵지 않게 나도 해볼까? 생각할 수 있었겠지.

사단장 풋살이든 군단장 풋살이든 나름대로 4개월 동안 꾸준히 했으니 소셜 매치 가서도 0.9인분 정도는 할 수 있겠다는 위험한 자신감. 모르는 여자들과의 경기는 어떨까 궁금했던 이 죽일 놈의 호기심. "네가 하면 나도 할게." 풋살 파트너로 나와 함께 성장하고 있던 여자 회원 지민의 물귀신 작전. 이 모든 것이 짬뽕 되어 정신 차려 보니 이미 나와 지민, 그리고 또 다른 여자 회원 슬기의 계좌에서 만 원씩 빠져나간 후였다.

2022년 9월 OO일

재연

나름 풋살을 오래 하신 우리 부장님이 그러는데 여자만 오는 소셜 매치는 잘하는 사람 천지래.

슬기

...취소할까?

재연

갑자기 나도 겁난다.

지민

헐.

슬기

난 아직 공도 무서운데 괜찮을까?

재연

그냥 열심히 뛰자. 운동한다 생각하고.

지민

그래, 우리끼리 즐기다 오자!

슬기

에이, 모르겠다~

우리 셋 모두 잔뜩 겁은 먹었지만, 어차피 닥친 일이니 좋게 생각하자고 애써 합리화하며 잠들었다.

다음 날. 당일이 되자 우리가 참가하기로 한 매치의 평균 레벨이 공개됐다. '아마추어3'이었다. 레벨이 낮은 순서대로 루키 ▸ 스타터1, 2, 3 ▸ 비기너1, 2, 3 ▸ 아마추어1, 2, 3 ▸ 세미프로1, 2, 3 ▸ 프로1, 2, 3이니 평균이 아마추어3이라는 건 매치 경험이 없어서 '루키'인 나와 지민, 슬기를 제외한 나머지 분들의 레벨이 상당히 높다는 뜻이었다.

2022년 9월 △△일

호원
여성 매치 가면 많이 뛰어야 해.

강우
맞아, 우리 동호회 생각하면 안 될걸?

지민
아니, 왜 겁을 주니?

재연
우리 '풋살 하는데 뭐 저딴 걸 입고 와?' 하는 옷 입고 가자. 패스 한 번만 성공해도 "오~!" 하게 되는 차림새로.

지민
청바지?

슬기
잭다니엘 티셔츠 입고 갈게.

슬기는 미국 여행 중 공짜로 받은 잭나니엘 위스키 티셔츠를 진짜 입고 왔다. 다행히 지민은 청바지를 입지는 않았다. 그날 모인 다른 사람들을 보니(스포츠와 상관없는 외모 이야기는 정말 하고 싶지 않지만), 보이는 모든 외적 요소에서 포스가 흘렀다. 화면으로만 보던 여자 축구 선수들과 비슷한 기가 느껴졌다. 긴장감으로 배배 꼬이는 배를 움켜쥐고 매니저에게 달려가 루키 레벨인 우리 셋을 같은 팀으로 묶으면 안 될 것 같다고 귀띔했다. 지금 생각하니 약간 비굴하긴 하지만 우리 셋 다 소셜 매치는 처음이고, 나랑 지민은 풋살 자체를 한 지 얼마 안 됐으며, 심지어 슬기는 풋살이 처음이라고 우리의 저경력을 어필하며 말이다. 매니저도 느껴지는 게 있었던지 바로 우리를 나눠서 배치했다. 나와 지민은 빨간 조끼를, 슬기는 노란 조끼를 입었다.

태어나서 처음 보는 여성 경기는 파란 조끼 팀과 노란 조끼 팀의 경기였다. 파란 조끼 팀은 친한 사람들끼리 한 팀을 이뤄왔는지 그들끼리 발이 척척 맞았다. 눈이 두 개인 게 아쉬울 정도로 멋진 발재간과 슛에 입을 떡 벌리고 경기를 구경했다. 그라운드를 대각선으로 빠르게 가로지르는 공, 발 인사이드에 정확히 맞아 낮게 울리는 타격음, 가끔은 "다시!", 때로는 "반대!" 하며 외칠 때마다 공을 보내는 곳에 정확히 와 있던 파란 조끼 팀원들. 그런 와중에 간혹 실수가 나와도 자기들끼리 깔깔거리며 즐겁게 웃을 수 있는 여유까지. 그중에서도 특히 눈에 띄던 스트라이커 2명은 양발에 손이 달린 것처럼 공을 자유자재로 굴릴 줄 알았고, 어느 자리에 가도 빛났다. 그들의 플레이를 보며 배 속에서 느껴지던 긴장성 복통 말고 또 다른 간질간질한 감정이 스멀스멀 피어올랐다.

잘하고 싶어서 매일 찾아보던 영상 속 좋은 사례들이 생생하게 내 눈앞에 펼쳐져 있을 때의 기분을 한 낱말로 표현해 보시오. 음, 아무래도 '미쳤다' 아닐까? 뭘 해도 와 미쳤다, 와 미쳤다, 반복해서 중얼거리며 손에 한창 땀을 쥐고 보던 중, 쿼터가 종료됐다. 잠시 잊고 있던 두려움이 다시 엄습했다. 이제 우리 팀 차례였다.

"플레이 할게요! 골키퍼는 각 팀 3번입니다!"

최근 들어 뭔가에 이렇게까지 집중한 적이 있었던가. 인상을 팍 쓰고 여태까지 듣고 보고 읽었던 풋살 꿀팁과 스킬을 최대한 복기하려고 노력했다. 나름대로 빨리 달리려고 이를 악물고 우리 팀에 도움이 되는 위치에 가기 위해 혼신의 힘을 다했다. 하지만 응원 차 따라온 동호회 남자 회원 호원의 안타까워하는 목소리를 듣고 말았다.

"너무 느려! 더 빨리!"

그렇다. 현실은 드라마가 아니니 당연히 나의 노력대로 되었을 리 없었다. 다른 사람의 눈으로 나를 볼 수 없기에 내가 최소한 내 실력보다는 잘하고 있기를 바랐을 뿐. 그래도 아직 체력이 빵빵했던 덕분에 최대한 열심히는 달렸고, 딱 봐도 초보인 내게 공이 자주 올 리도 없으니 첫 쿼터 12분은 큰 실수 없이 끝났다.

문제는 모두의 힘이 점점 빠져가는 매치 중반부터 일어났다. 나를 제외한 나머지 다섯 팀원의 체력이 충분했던 초반에는 나를 1인이 아닌 일종의 깍두기라고 치고 5.5명:6명으로 플레이를 진행해도 크게 밀리지 않았는데, 중반으로 갈수록 어쩔 수 없이 나에게도 공을 줄 수밖에 없던 모양이었다. 오히려 이럴 때 잘했어야 팀에 도움이 좀 됐을 테지만, 주인공의 기적은 내게 일어나지 않았다. 내가 수비 위치에 있을 때, 상대 팀은 내가 투명인간이라도 된 것처럼 재빠르게 나를 제치고 골대 앞까지 나아갔다. 내가 공격 위치에 있을 때는, 어쩌다 공을 받아서 뭐라도 하려고 하면 순식간에 치고 들어온 상대 팀에게 속절없이 다 뺏겨버리고 말았다. 당황한 마음에 허둥지둥 우왕좌왕하면 같은 팀원은 쌀쌀맞게 “자리 겹쳐요!” 하며 쌩하고 뛰어 가버렸다. ‘그래요, 미안하네요! 그런데 어디로 가야 할지 저도 모르겠단 말이에요.’ 마음속 서러운 외침은 들릴 리 없고.

의기소침해진 채로 시작한 새로운 쿼터에서는 사소한 마찰도 있었다. 내 앞에서 공을 몰고 가던 상대 팀을 어떻게든 막아보겠다고 가까이 붙었다가 둘의 팔이 서로 스쳤다. 풋살 경기 중 자신의 역할에 충실하다 보면 당연히 있을 법한 충돌이라 실수나 반칙, 그 무엇도 아니었는데 그때는 어리숙한 마음에 무조건 사과부터 했다.

“아이고, 죄송해요!”

내 사과에 상대는 거친 콧김을 내쉬며 나를 그냥 지나쳐갔다. 못 들었나?

“...죄송해요!”

다시 한번 분명하게 사과를 전달했건만 이번에는

내 말을 아예 무시하고 별 반응 없이 다른 곳으로 가버렸다. 어쭈? 이것 봐라? 심지어 아웃 오브 플레이 *경기가 일시 정지된 상태* 상황이라 손을 한 번 들어주든 썩소라도 지어주든 대답할 시간은 짧게라도 있었다. 순간적으로 부글부글 끓는 것을 참고 쿼터가 끝날 때까지 기다렸다가 끝나자마자 다시 물었다. 어금니를 꽉 깨물고.

"아까 저 때문에 많이 다치셨나요? 괜찮으신가요?"

"네? 아, 네."

누적된 서러움에서 비롯된 일종의 광기였다. 별것도 아닌 걸로 내가 두 번이나 사과했는데, 당신은 풋살 선배가 되어서 이렇게까지 무시하는 건 너무하잖아, 누구한테나 처음은 있는 건데 좀 귀엽게 봐주면 안 되는 거냐고. 내가 잘하는 크로스핏으로 붙어볼래? 하는 유치한 마음으로.

그 후로도 눈칫밥은 배터지게 먹었다. 내 수비 실수로 중요한 위치에서 상대팀에게 코너킥을 내주자 "하, 이렇게 중요한 곳에서 저런 실수를…" 하며 한숨 쉬던 사람의 눈칫밥. 나한테 수비수가 아무도 붙어있지 않은데도 공을 뺏길지언정 절대로 내게 패스하지 않던 사람의 눈칫밥.

같은 팀원이 코너킥으로 올려준 공을 가슴으로 받아서 골로 연결했더니만 "그냥 맞아서 들어갔네" 하고 내 득점을 마치 우연이 안겨준 선물로 치부하던 사람의 눈칫밥. 덕분에 나는 눈칫밥으로 배가 불러서 외로운 고군분투 끝에 얻은 득점에 마음껏 기뻐하지도 못했다.

훗날에야 이해가 됐다. 내 개인적인 서러움과 별개로 그들이 그들의 돈과 시간을 써서 자리한 이곳은 외모나 성별, 성격 같은 다른 조건들이 상관없는 냉정한 그라운드 위였다는 것. 그리고 철저하게 모든 이가 제자리에서 제 본분을 다하고 있는가가 그들 마음속의 예선 통과 조건이었다면, 당연히 나는 예선 탈락이었을 테니 눈칫밥이 그만큼 짜고 매울 수밖에 없었다는 것.

매치 중후반쯤 플랫폼 매니저가 밸런스를 맞추기 위해 파란 조끼 팀원 일부를 다른 팀으로 보내서 섞었다. 그러면서 단연 돋보이던 파란 조끼 스트라이커 둘 중 하나가 우리 팀이 되었다. 그러자 더욱 두려워졌다. 기존 팀원들보다 월등하게 잘하는 사람이니 내게 얼마나 더 인색할까. (호칭의 혼란을 없애기 위해 그 사람을 '파란 조끼 골키퍼'라고 칭하겠다.) 그때, 잔뜩 얼어붙은 내 뒤에서 그의 외침이 들려왔다.

“올라가시죠! 뒤에 저 있으니까 수비 걱정하지 마시고 올라가세요!”

그는 원래 자기 팀인 파란 조끼 팀에서도 가장 키가 크고 힘이 좋아 킥 한 번으로 풋살장 한쪽 끝에서 다른 쪽 끝까지 공을 연결하던 사람이었다. 경기 진행 실력은 두말할 것도 없고 말이다. 그런 사람이 나보고 올라가라는 건, 자신이 최전방을 잘 살피고 있을 테니 겁먹지 말고 상대 팀 골대 쪽으로 더 붙어 공격에 가담하라는 뜻이었던 것 같다. 그러다 우리 골대 쪽으로 사람들이 몰려왔을 때는 이렇게 외쳤다.

“아무 데나 서 있으면 안 돼요. 한 사람 콕 집어서 그 사람만 마크한다고 생각하면 위치 선정이 쉬워요.”

“공을 꼭 빼앗지 못해도 괜찮으니까 정면을 막아서서 슛만 못 때리게 해주세요!”

“지금은 왼쪽으로 붙어야 해요!”

“내려오세요!”

“코너킥이랑 킥인 때는 사람을 보세요!”

머릿속이 하얘진 내게 내려지는 단비 같은 지시였

다. 불필요한 격려나 위로나 동정 없이 담백하고 명확하게. 목소리가 크고 낮아서 윗사람이 내리는 무서운 명령처럼 들릴 수도 있었지만 오히려 내게는 그 모든 것이 다정한 위로 한마디보다 더 절실한 것이었다.

어떻게든 버티다 보니 이틀 같았던 두 시간이 모두 흘렀다. 지민과 슬기 모두 뭐라 형언할 수 없는 표정으로 팀 조끼를 벗으며 터덜터덜 걸어 나왔다. 그런 내 동지들을 보니 그제야 온몸에 들어찼던 긴장이 풀리며 웃음이 나왔다. 헛웃음과 쓴웃음 그 사이에 있을 웃음. 구경 삼아 따라왔다가 졸지에 쿼터 사이마다 우리에게 코칭을 해줘야만 했던 호원도 그저 별말 없이 "모두 집에 데려다주겠다"고 우리를 차에 태웠다. 돌아가는 차 안에서 잠시 숨을 고른 후, 두 시간 동안 얼마나 서글펐는지, 파란 조끼 팀이 얼마나 멋졌는지, 각자 어떤 상처를 받았는지 앞다퉈 토로하기 시작했다.

"다들 풋살에 진지해서 그래, 진지해서."

몇몇 사람들이 우리에게 유독 쌀쌀맞았던 이유가 우리의 실력에 화가 나서가 아니라 매치에 진지하게 임하다 보니 그랬을 거라며 호원이 위로 삼아 우리에게 건넨 말이었다. 그렇지만 그 역시도 말끝을 흐릴 수밖에 없었던 이유는, 우리 역시 매우 진지하게 임했음을 그도 알기 때문이다.

인생 첫 소셜 매치 두 시간 동안 심신이 전부 너덜너덜 엉망이 되었지만 수많은 상처 속에서 여러 빛을 보았다. 눈칫밥이니 텃세니 하며 비록 나를 서럽게 한 사람들이지만, 분명한 건 그런 그들도 내가 용기를 내보자고 마음먹은 순간보다 훨씬 이전에 나보다 더 큰 용기를 낸 '선구자'라는 것. 그런 선구자들로부터 받은 건강한 자극을 어찌 빛이라 칭하지 않을 수 있을까. 더 이상 마냥 해맑게만 해왔던 사단장 풋살을 통해서는 제대로 성장하기 어려우니 앞으로 더 나아가기 위해 껍데기를 깨고 나와야겠다고 다짐한 것도 일종의 빛이다. 다른 이들이 아무리 "공원에 가서 패스 연습을 해봐라", "유튜브 보고 공부해봐라"라고 백날 얘기해도 스스로 다짐하는 것만큼 가장 큰 동기는 없는 법! 마지막으로 파란 조끼 팀과의 조우 역시 빛이다. 선구자로부터 받을 수 있는 자극 면에서도 물론이고, 위축돼 있던 나를 본의 아니게 도와주기까지 했으니 말이다. 그러니 파란 조끼 골키퍼와 또 다른 파란 조끼 스트라이커가 우연히라도 이 글을 보게 된다면 지금이라도 고마웠다고 말하고 싶다.

전반전

파란 조끼 팁

'될놈될'이라는 말을 아는가. '뭘 해도 될 놈은 된다'의 줄임말로 좋은 운명을 타고난 사람은 아무리 상황이 나빠도 마지막에는 결국 성공한다는 뜻이다.

나는 운명을 잘 믿지 않는 현실주의자로 될놈될은 애초에 '잘 안될 놈'이 하늘의 도움으로 잘 되는 판타지 같은 것이 아니라, '준비된 놈'의 크고 작은 노력의 총합이 들어맞을 때 생기는 당연한 결과라고 생각해왔다. 하지만 살다 보니 이런 나에게조차도 이건 될놈될 운명인가? 싶은 순간이 생기긴 하더라. 나의 평소 루틴을 깨고 타인의 계획으로 움직인 날, 하필 또 다른 타인의 선택으로 우연히 만나게 된 것이 나를 '될 놈'으로 만들어주는 운명!

〈눈칫밥 풋살〉의 풋살 소셜 매치는 어느 수요일에 일어난 일이었다. 루틴형 인간인 나의 당시 수요일은 오후 5시쯤 퇴근을 하고 보통 빨래나 청소 등 시간이 오래 걸리는 집안일을 하며 보내는 요일이었다. 그런데 풋살 동호회 회원들의 갑작스러운 제안으로 소셜 매치에 참여하게 되었고, 플랫폼 매니저의 선택으로 처음에는 빨간 조끼 팀이었다가, 그다음에는 노란 조끼 팀으로 이동해 파란 조끼 골키퍼와 한 팀이 되어 많은 것을 배웠단 말이지? 이 모든 타인의 계획과 선택이 겹치고 겹쳐 내게 또 다른 가능성을 운명처럼 열어준 이야기를 해보겠다.

아직 단단히 여물지 못했던 어린 시절, 나를 괴롭게 하는 것이 나타나면 얼른 등을 돌려 다른 길로 도망가거나 제자리에 서서 눈만 가려 못 본 척하기 일쑤였다. 그러나 많은 것들이 나를 단단한 사람으로 벼려준 후에는 조금 더 당돌하게 내 위기를 마주 볼 수 있게 되었다. 내가 좀만 더 물렀다면 아마 첫 소셜 매치에서 받은 상처로

인해 풋살은 내 길이 아니라며 서서히 그만뒀을지도 모르는 일이다. 그렇지만 지금은 '난 이제 충분히 어른이야, 이겨낼 수 있어!' 소리 없이 외치며 포털 사이트를 뒤져볼 수 있는 사람이 되었다. 어쨌든 풋살이 내 길인지 아닌지라도 알아보려면 제대로 배워봐야 알 수 있는 것 아닌가? 그렇게 큰맘 먹고 검색해보니 여성 풋살 교실은 생각보다 내 주변에 많았다.

- 첫 번째 후보, 여성 풋살 팀이라기보다는 여성 풋살 동호회에 가까워서 탈락
- 두 번째 후보, 훈련 장소가 너무 멀고 최근 3개월간 활동이 없어 보여서 탈락
- 세 번째 후보, 팀 이름이 내 스타일이 아니어서 탈락(?)

나도 안다. '이제 충분히 어른'이 하는 심사숙고치고는 약간 유치했다. 그렇게 후보를 여럿 보내고 드디어 눈에 들어온 네 번째 후보는 감독님과 코치진도 있는 정식 클럽이고, 집에서도 가까웠으며, SNS에 활발하게 활동 보고도 하는 곳이었다. 게다가 공식 사이트에 들어가

확인해 보니 약 스무 개 지역에 지역별 팀을 만들어 관리하는 여성 풋살계의 거물이었다. 오히려 규모가 너무 본격적이어서 선뜻 결정하지 못하고 망설여질 정도였다. 입단 신청을 할까 말까 고민하며 마우스 스크롤만 오르락내리락하다가, 네 번째 후보팀의 SNS 계정을 팔로우하고 있던 지인 둘에게 메시지를 보내보기로 했다. 잘 모를 땐 선배님에게 물어보는 게 최고지!

진아. 크로스핏을 하며 만난 인연이나 당시 내 기억 속 그는 운동을 좋아하는 이미지는 아니었다. 그래서 약 일 년 전, 풋살을 시작했다는 SNS 게시글을 보고 의외라고 생각한 적이 있다. 하지만 그 게시글 속 진아는 굉장히 열정적인 표정을 짓고 있었고, 보는 사람까지 웃게 만드는 미소와 함께 아주 즐거워 보였다. 그런 진아답게 풋살을 정식으로 배워볼까 한다는 내 연락을 반갑게 맞아주었다. 마침 그 역시 내가 사는 곳과 가까운 지역 팀에 소속되어 있었는데 팀 실력만큼이나 분위기도 좋고 재밌다며 적극적으로 추천했다.

수지. 대학 동기 언니로 차분하면서도 상대를 편하게 만들어주는 매력이 있어 졸업 후에도 왕래가 불편하지 않은 지인 중 하나였다. 수지 언니도 진아와 같은 지역

팀에 2년 넘게 몸담고 있었다. 내 입단 고민을 듣고 언니는 꼭 같이 재밌게 운동해 보자며 자기 일처럼 함께 기뻐해 주었다.

당시에는 진아도 수지 언니도 참 친절하다고만 생각했다. 그런데 지금 생각해보면 왜 내 연락을 더 반갑게 받아줬는지 알 것도 같다. 동성의 동료가 그렇게 많지 않은 분야에 친구가 하나라도 늘어난다는 건 사뭇 행복한 일이니까. 고작 반년 넘은 현재의 나도 친구가 풋살 한번 해볼까 한다면 고민 말고 시작하라고 할 텐데 나보다 더 오래 한 선배님들은 오죽할까.

상처받았던 소셜 매치로부터 정확히 일주일 후, 2022년 9월 중순. 그렇게 한 시간의 고민과 두 선배님의 격려를 통해 씩씩하게 입단 신청서를 제출했다. 성장하고자 하는 욕구가 나와 비슷했던 지민도 끌어들였다. 한번 결심한 것은 최대한 빨리 시작해야 한다는 개인적 지론으로 시작일 역시 이틀 후로 잡았다. 유니폼도 제일 좋아하는 축구선수의 현재 등번호이자, 풋살 동호회의 내 등번호이기도 한 17번으로 신청했다. 회원 수가 꽤 많은 팀이다 보니 기존 회원과 번호가 겹치면 신청할 수 없는

데 17번은 다행히 공석이었다. 아, 이 또한 얼마나 운명적인 일인가. 하지만 이것은 고작 될놈될 운명의 시작에 불과했으니….

이틀 후, 부푼 마음으로 팀 훈련 장소에 도착했다. 왠지 공복이어야만 할 것 같은 이상한 의무감으로 저녁도 걸렀다. 오후 8시가 가까워지자 여자분들이 하나둘씩 나타나기 시작했다. 지민 옆에 붙어 낯선 얼굴들 사이에서 진아와 수지 언니를 찾는데, 어라? 어디서 본 얼굴이?

"맞지? 그때 그 사람들 맞지?"

"어?!"

내 턱이 가리키는 곳으로 시선을 옮긴 지민도 동그래진 눈으로 끄덕거렸다. 골대 옆에서 밝은 얼굴로 코치님과 대화를 나누는 사람, 인조 잔디 위에 앉아 풋살화 끈을 묶으며 사람들과 인사를 주고받는 사람. 불과 일주일 전 오랜만에 느끼는 패배감에 너무나도 벗어나고 싶던 풋살 소셜 매치, 그것도 바로 이 구장에서 만난 파란 조끼 골키퍼와 파란 조끼 스트라이커였다. 언젠가 매치에서 또 만난다면 고마웠다고 인사하고 싶던 두 사람이 얼마 되지도 않아 다시 내 앞에 나타났다. 이건 분명히, 분명히 운명이었다. 온 우주가 기를 모으고 여러 사람의 입과 손을 빌려 나를 풋살에 퐁당 빠트리려고 작정하지 않고서야 이렇게 될 수가 있나?!

각종 패스, 발 감각 훈련, 드리블 연습을 했다고 기록해둬서 망정이지 첫날 첫 훈련이 어떻게 지나갔는지 머릿속엔 기억이 나지 않을 정도로 흥분 상태였다. 간단한 조깅으로 몸에 열을 올릴 때도, 훈련용 미니 러버콘*rubber cone* 사이사이로 스텝 훈련을 할 때도, 아기 걸음마처럼 아장아장 드리블 연습을 하고 발끝으로 공을 굴리다 헛디뎌도 아마 나는 히죽히죽 웃고 있었을 것이다. 나와 풋살은 무조건 인연이라는 희망적인 망상으로 마음만큼은 벌써부터 팀원들과 함께 트로피를 들고 있었으니까.

그래서 '될놈될'의 '될 놈'이 되어 무언가 대단한 쾌거를 이뤄냈는가? 그건 아니다. '아직' 아니다.

물론 이때 입단한 파란 조끼 팀원들의 팀에서는 여전히 즐겁게 활동하고 있다. 제한 없이 기회를 열어주는 우리 혼성 풋살 동호회의 사단장 풋살도 소중하지만,

같은 마음과 의지로 모인 동성의 동지들과 팀을 이루어 치열하게 훈련하는 것도 의미가 있다. 비슷한 실력을 갖춘 사람들과는 함께 성장하면서. 나보다 더 좋은 실력을 갖춘 사람들과는 멘토와 멘티처럼 가까이서 보고 배우면서 말이다. 마치 스스로 먹는 눈칫밥으로 무럭무럭 자라나는 성장기의 어린이처럼.

뭘 해도 될 놈은 된다. 혼자는 두려워 동지들을 모집해 백지상태로 풋살 동호회를 얼렁뚱땅 꾸렸어도, 365일 내내 가르치려고만 하는 관성을 거꾸로 거슬러 뭐라도 배우고자 달려든다면. 몸치에 통뼈라 다리가 무거워 도통 늘지 않는 것 같아도 발목이 튼튼해 얼마나 다행이냐며 즐거워하는 마음으로, 나를 운명적으로 이끌어주는 좋은 사람들의 선택과 함께.

소심하지만 도전적인 마음으로 낯선 모험에 작은 몸을 힘껏 내던진 나란 놈. 출처 모를 운명이 내어줘서든 내 노력의 총합이 들어맞아서든 간에 일단은 용기 내어 정식 팀에 입단하는 것까지는 되었다. 이 이상 무엇까지 될지, 어디까지 가닿을지는 나조차도 스스로 궁금해하며 다시 부지런히 움직이는 중이다.

무한한 가능성과 함께 내 풋살 인생 전반전 종료 휘슬이 울렸다.

하프타임 5분

하프타임

선구자들

하프타임이다. 축구 경기의 하프타임 동안 선수들은 안전을 위해 쉴 권리가 있다(IFAB 2021/22 경기규칙서 규칙 제7조). 내가 초심자로서 풋살에 매료된 이야기는 전반전에 마쳤으니 하프타임 동안은 잠시 쉬어가며 선구자들의 이야기를 들어보려고 한다. 이를 위해 풋살 소셜 매치에서 만났던 '파란 조끼 팀'의 팀원이자, 내가 정식으로 입단한 여자 풋살 팀의 실력자 두 분을 한자리에 모셨다. 아, 하프타임에는 그럴 권리가 있으니 음료나 커피 한 잔을 곁들여도 된다.

박정현

1994년생, 회사원, 여자 풋살 팀 주장이자 에이스

김보경

1996년생, 중등 교사, 진지한 투지가 무기인 실력자

김재연

1992년생, 초등 교사, 이 책의 저자

재연 선배님들, 반갑습니다! 귀한 시간 내줘서 고마워요.

정현 안녕하세요! 이렇게 풋살장 밖에서 보니 신기하네요.

보경 반갑습니다.

재연 요새 풋살을 시작한 후로 있었던 일과 느꼈던 감정을 담은 글을 쓰고 있어요. 앞으로 더 많은 분이 더 큰 용기를 내길 바라며, '나도 했으니 너도 할 수 있어!'라고 응원하는 마음을 담아 쓰는 책이고요. 그런데 아무래도 구력이 짧다 보니 저보다 훨씬 더 길게 경험하신 분들의 마음을 담을 수 없는 게 아쉬웠어요. 그래서 선

구자이신 두 분에게 부탁을 드렸습니다.

두 분이 풋살을 시작한 시기와 계기가 궁금합니다.

정현 태어나서 처음으로 공을 차본 건 초등학교 1학년 때예요. 축구를 좋아하는 사촌과 가깝게 자라다 보니 취미로 계속하게 됐어요. 체육 시간이나 점심시간에 남자애들이랑 축구를 많이 했는데, 당시에 여자는 저밖에 없어서 아쉬웠죠. 그러다 중학교 때 다른 남자애들이 "야! 우리 반에도 너처럼 축구 하는 여자애 있다!" 하면서 소개해주길래, 처음 동성 친구를 만났네요. 그 친구랑 같이 축구화도 사고, 엄마한테 애원해서 방학 땐 한 달짜리 레슨을 받은 적도 있어요. 지금까지도 단짝이에요.

보경 저는 2021년 3월에 신규 발령 나면서 풋살을 처음 시작했어요. 일 시작하자마자 중학교 자유학기제 동안 여학생들에게 풋살을 가르쳐야만 했는데, 저도 해본 적이 없어서 큰일 났다 싶었죠. 생존과 직결된 문제라 부랴부랴 검색해서 이 팀에 입단했어요. 학생들에게 초보인 걸 들키고 싶지 않아서 매일 밤 연습도 엄청나게 했고요.

두 분 실력이 워낙 출중해서 당연히 체육을 전공하셨거나, 선수 출신이지 않을까 하는 고정관념을 저도 모르게 가지고 있었네요. 그러면 이후에 운동 쪽으로 진로를 고민해본 적은 없나요?

정현 어휴, 있죠. 체대 입시 준비도 잠깐 했었어요. 근데 "여자가 무슨 운동선수를 하냐?", "여자는 운동으로 성공하기 힘들다.", "체대 군기 무섭다" 같은 말을 지속적으로 듣다 보니 포기하게 됐어요. 그렇게 친구랑 취미로만 하다가 이 팀은 2018년에 입단했네요.

보경 고등학교 다닐 때 체대를 준비해볼까 생각이 있긴 했었어요. 결론적으로 교육학과에 진학하긴 했지만요.

풋살 한 지 2년 차, 4년 차신데, 몇 년째 하고 있다고 하면 주변의 반응은 어떤가요?

정현 〈골 때리는 그녀들〉 이야기도 좀 하고요. 풋살하는 여자가 지금보다 더 없었을 때는 "여자들은 풋살이나 축구 잘 안 하지 않냐? 너는 왜 하냐?"라는 질문도 진짜 많이 받았어요.

보경 옛날에는 특이하게 보는 시선이 많았는데, 요즘에는 "오, 풋살? 대박인데?" 하면서 좋은 쪽으로 신기해하는 반응이 많아요.

그만큼 오랫동안 풋살을 해오셨으니 부상이나 통증으로 몸이 힘들었던 적도 많을 것 같아요.

정현 저는 지금도 무릎 때문에 힘들어요. 의사 선생님이 30대 중반부터 계단 못 내려가고 싶으면 풋살 계속하라고까지 할 정도예요. 너무 고민이에요. 요즘도 통증이 심해서요, 특히 방향 전환할 때.

보경 저는 유독 발목이 안 좋아요. 작년에는 풋살 하다 크게 넘어져서 양발 번갈아 깁스도 했었어요. 제 욕심에 깁스하고도 몰래 연습했었는데, 그러다 나름의 노하우(?)가 생긴 게 어이없네요. 작은 부상으로도 오래 쉬어야 하니 늘 다칠까봐 노심초사하게 돼요.

역시 무릎과 발목 부상은 피해 가기 어렵군요. 아예 아프기 전부터 꾸준히 관리하는 습관을 들일 필요가 있겠어요. 마찬가지로 머리나 마음을 괴롭게 했던 것은 없나요?

정현 저는 팀 주장이라 약간 난처할 때가 있어요. 팀 운영진과 회원님들 사이에 껴있는 입장이다 보니 양쪽 의견을 전달하거나 조율할 때 애로사

항이 있달까? 어떤 스탠스가 적절할까 고민하게 돼요. 본의 아니게 못 들은 척, 못 본 척 해야 하는 것도 생기고요.

보경 마음을 가장 힘들게 하는 건 역시 풋살 실력에 대한 고민인 것 같아요. 잘하고 싶은 마음을 몸이 못 따라갈 때? 그런 고민을 하다 보면 어느새 초심을 잊는 것 같기도 해요.

저도 그런 '성장 욕구'로부터 받는 스트레스에 관해 이야기해보고 싶었어요. 나름대로 시도해보신 극복 방법도 듣고 싶고요.

정현 모순처럼 들리겠지만… 실력이 어느 정도 상위권으로 올라가고 나니까, 저보다 늦게 시작하신 분들이 무섭게 치고 올라올 때 저는 왜 여기서 더 나아가지 못하는지 괴로워요. 저만 더 이상의 발전이 없는 것처럼 보이고요. 실제로 약간 폼이 떨어졌을 때는, 할 수 있는 건 닥치는 대로 전부 다 했어요. 연습은 물론이고 레슨까지 따로 받았었죠. 주변에서는 이미 실력이 충분한데 레슨까지 받냐고 했지만 잘하는 사람들도 성장 욕구가 없는 건 아니니까요.

보경 저는 승부욕이 센 편이라 주변에 저보다 잘하

는 분들을 보면 갑자기 머리가 아파질 정도로 스트레스를 받아요. 근데 답은 하나밖에 없다고 생각해요. 그냥 '무조건' 해야 하더라고요. 죽어라 연습하고 틈날 때마다 공 차다 보면 자신도 모르게 하나씩 되기 시작하니까요.

실력자 두 분도 그런 고민을 하신다니 왠지 저에게도 위로가 되네요. 무언가를 배우기 시작한 사람들의 숙명인 것 같기도 합니다. 그렇다면 풋살을 이제 막 시작했거나, 앞으로 시작할 후배들에게 선구자로서 가장 추천해주고 싶은 훈련을 고른다면요?

정현 저는 '감각 훈련'을 추천하고 싶어요. 공이랑 친해져야 합니다. 어떻게든 공을 많이 만지고 다루면서 감각을 극대화해야 모든 기술을 제대로 익힐 수 있어요. 좀 우습게 들리겠지만, 저는 운전하면서 액셀 밟을 때도 발끝의 힘을 미세하게 조절한다는 생각으로 일종의 훈련을 해요.

보경 와, 이 질문 정말 기다렸어요. 저는 '달리기'를 강력하게 추천합니다. 초보자들의 가장 큰 장벽은 시야예요. 생각해보세요. 스마트폰 보면서 횡단보도 건널 수 있죠? 풋살도 똑같아요. 계속 뛰면서 주변을 보는 게 자동화되면 시야가 어느 순간 확 트여요. 그리고 동시에 호흡도 트여서 심폐지구력까지 좋아질 수 있어요. 축구든 풋살이든 잘 뛰어야 하잖아요. 그래서 저도 유독 움직임이 안 좋아지는 시기에는 초심을 찾고자 달리기 훈련을 더 열심히 병행해요.

풋살을 할 때 이런 마음가짐은 꼭 필요하다! 하는 것을 하나씩 말해주세요.

정현 저는 '신뢰'를 고를게요. 처음에는 어렵겠지만 같이 뛰는 팀원을 믿으면서 훈련했으면 좋겠어요. 그라운드 위에서 동료를 믿지 않으면 모두 힘들어요. 어차피 우리가 하는 건 팀 스포츠니까요.

보경 '유머'? 다시 말해 위트 있어야 한다고 생각해요. 훈련이나 경기를 하다 보면 잘 안되는 순간이 정말 많은데 그때마다 화내고 짜증 부리면 분위기가 은근히 험악해져요. 뭔가 안 풀려도 웃어넘기고, 다른 사람들의 실수에도 관대해질 필요가 있어요. 특히 모르는 사람들이랑 할 때는 더욱이요.

풋살 실력 편차가 명확히 있는 그룹에서, 잘하는 사람이 피해 보지 않고 못하는 사람과 어우러지는 방법이 있을까요? 누가 누구를 '봐주면서 한다'라는 느낌이 최대한 덜 하도록요. 제가 하는 혼성 풋살 동호회도 그렇고, 학교에서 가르치는 학생들도 그런 그룹이라 머릿속에서 이 고민이 떠나질 않네요.

정현　음, 일단 생각을 전환해보면 어떨까요? 어차피 모든 스포츠 경기에는 선수 간 수준 차이가 있어요. 잘하는 사람과 못하는 사람이 함께 뛰면 다들 잘하는 사람이 피해를 본다고 생각하기 쉬운데, 사실 피해 보는 건 잘하는 사람이 아니라 못하는 사람이에요. 같은 공간에 있는데도 기회가 더 적게 올 테고 기대도 덜 받으니까요. 그래서 잘하는 사람이 맞춰주는 게 실은 피해를 상쇄하는 것일 수도 있다는 거죠.

보경　저는 누구랑 해도 기복 없이 잘하는 사람이 '진짜' 잘하는 사람이라고 생각해요. 제가 시작한 지 얼마 안 됐을 때, 실력자 팀에 끼어서 경기한 적이 있어요. 그런데 잘하는 분들이 기막히게 좋은 패스를 해주니까 스스로 생각해도 제 실력보다 잘했거든요, 골도 많이 넣고. 그러니까,

'진짜 잘하는 사람'이라면 못하는 사람을 잘하게 할 정도의 실력이라 전체적으로 경기를 잘 운영해서 좋은 결과를 만들 테니 실질적으로는 크게 피해 보지 않을 거예요. 만약 못하는 사람 때문에 피해가 있다 생각했다면 그 사람은 '애매하게 잘하는 사람'이란 뜻이니까 당장 자기가 잘한다는 생각을 버리고 공 차야죠.

정현 이건 태도의 문제지만, 잘하는 사람은 겸손해야 하고 못하는 사람은 마음을 좀 열어야 해요. 감독님이나 코치님이 경기장 밖에서 하는 지시나, 잘하는 사람이 같이 뛰면서 하는 조언을 잘 받아주면 서로 좋겠죠?

그렇다면 잘하는 사람에게 분명한 핸디캡을 줘서 실제로 손해를 보는 상황은 어떨까요? 예를 들면, 잘하는 사람 '오른발 슈팅 금지'나 '수비만 보기'라든지.

정현 풋살은 포지션이 있고 골을 만들어가는 과정이 있는 팀 스포츠니까 내가 왼발을 쓰면서 오른발을 쓸 수 있는 팀원에게 패스하면 되죠. 만약 핸디캡이 정 억울하다면 동등한 입장으로 경기하는 게 자기보다 초심자에게 불공평하다는 것을 상기했으면 좋겠어요.

보경 수비만 보면서 실점을 막는 데에 집중하는 것도 정말 중요해요. 수비를 '잘하는' 것도 쉽지 않아요.

정현 다른 사람에게 좋은 패스 혹은 어시스트 성공하는 것도 보통 실력 아니면 안 돼요. 감독님이나 코치님이 핸디캡을 받은 사람에게 다른 목표를 내려주면 어떨까요? 예를 들어, 슈팅이 금지라면 목표를 '어시스트 5회'로 잡는 식인 거죠.

팀 스포츠가 추구하고자 하는 바와 딱 맞아떨어지는 답변인 것 같네요. 마무리하면서 밸런스 게임 하나 해볼게요. 스포츠에서의 결과 vs 과정, 한 가지만 고를 수 있다면 무엇을 고르실래요?

정현 '과정'이요. 과정이 마음에 들지 않으면 저는 운동 못해요. 결과가 안 좋아도, 내가 연습하던 걸 해냈다든지, 팀원들과 발이 한 번이라도 잘 맞았다든지 하는 희열이 있으면 돼요. 나 자신을 뛰어넘는 성취감, 좋잖아요.

보경 저도 '과정'이요. 팀 스포츠이기 때문에 팀원들 간의 합이 안 맞으면 결국 너무 재미없어요. 재밌으려고 하는 건데 그렇게 이기면 무슨 재미가 있나요? 게다가 결과만 중시하다 보면 결국 못하는 사람은 설 자리가 전혀 없게 돼요.

정성껏 답변해주셔서 감사합니다. 5년 후, 10년 후에도 계속 풋살의 선구자로서 있어주실 거죠?

정현, 보경　부상 없이 건강하기만 하다면, 무조건이요!

후반전 20분

후반전

6개월 차에 주장이 되다

국어 시간에 아이들과 함께 읽을 동화책을 고르기 위해 서점에 들렀다. 누군가의 성패나 선악보다는 각자만의 성장과 발전에서 배울 점을 찾을 수 있는, 입체적으로 변화하는 인물의 이야기를 찾아 헤맸다. 그러다 보니 궁금해졌다. '나'라는 사람이 그런 이야기에 등장한다면, 어떤 인물일까?

"소심한 모험가"

나를 오랫동안 가까이에서 지켜봐 온 이가 한 대답

이다. 나는 이 대답이 마음에 쏙 들었다. 내 내면의 모순을 예리하게 짚어내기도 했고 실제 장단점을 잘 드러내고 있기 때문이다. 도전하는 것을 즐기면서도 시련이나 실패, 또는 낯선 환경 앞에서 다소 소심해지는 모습. 반대로 평소의 나라면 응당 피했을 것 같던 기회의 손을 가끔이나마 덥석 잡고 앞으로 고꾸라지든 뒤로 엉덩방아를 찧든 모험하는 모습.

풋살을 시작하고 6개월 가까이 됐던 2022년 8월 말, 우리 풋살 동호회가 모 기업에서 하는 스포츠 동호회 후원 캠페인의 앰배서더ambassador로 선정되었다. 처음에는 크로스핏 하는 사람들이 풋살을 제2의 취미 삼아 만든 동호회일 뿐이라 그런 캠페인에 선정되기에는 애매하다고 생각했다. 막상 뽑히고 나면 괜히 귀찮은 일만 생기는 거 아닐까 미리 김칫국도 마셨고. 그래도 그냥 흘려보내기에는 아까운 기회이니 구색만 맞춰 볼까 하고 작성한 지원서가 1,800자에 가까웠다. 생각보다 이 동호회를 향한 내 애정이 제법 컸던 모양이다.

앰배서더로서 한창 재밌게 활동하며 지내던 9월 말쯤 캠페인의 담당자로부터 한 제안을 받았다. 우리 동호회 회원들로 팀을 꾸려 10월 말 당사에서 주최하는 풋살 대회에 참가해보라는 놀라운 제안이었다. 더구나 '여성' 풋살 대회라니, 멋지기까지 하잖아? 남들이 멍석을 깔아주는 마당에 모험가인 내가 나서지 않을 이유가 없었다. 그러나 또 다른 나, 소심한 내가 되어 답을 망설이자, 담당자는 인지도가 높은 축구 브랜드와 협업할 예정이며 상금이나 참가 특전 규모가 괜찮을 거라는 매혹적인 부연 설명까지 덧붙였다. 사실 내가 망설인 이유는 그런 것 때문이 아니라, 우리의 한참 짧은 구력 때문에 엔트리*경기에 참가하는 사람들의 명부* 최소 조건인 6명을 채울 수 없을지도 모른다는 걱정 때문이긴 했지만 말이다.

일단은 답을 보류하고 동호회 단체 채팅방에 공지를 올렸다. 여차저차 대회 출전 기회가 생겼는데 나랑 함께 나갈 분 없느냐고, 꼴등 하더라도 출전 자체로 많이 성장할 테니 다 같이 나가서 즐겨보자고 말이다. 첫 반응은 제법 괜찮았다. 여러 여자 회원들이 희망적인 뉘앙스로 대답을 해왔고, 지켜보는 남자 회원들도 열띤 응원을 보냈으니까. 누군가 잊고 있던 그날의 선약을 상기하기 전까지는.

"어? 그날, 크로스핏 대회 있는데?"

아, 맞다. 우리 크로스핏 하는 사람들이었지? 요즘 들어 풋살로 주객전도된 사람들이 생기긴 했지만, 본질을 잊지 않은 사람들도 아직 많았다. 그래서 10월의 하고많은 날 중 하필 그날, 내가 나가려는 풋살 대회보다 앞서 참가 신청을 받은 크로스핏 대회에 소중한 인재를 셋이나 뺏기고 말았다. 그 사람들을 제외하고 나니 결국 대회 참가 희망자는 셋뿐이었다. 나와 지민, 정윤. 아무리 못해도 최소 3명은 더 필요했다. 그때가 대회 참가 여부를 확정지어야만 하는 시각까지 단 열두 시간밖에 남지 않은 시점이었다.

대회 신청 마감 **D-12시간**
현재 인원 **3명/6명**

우리 동호회 다음으로 떠올린 것은 지민과 함께 입단한 파란 조끼 팀이었다. 팀 선배인 진아에게 바로 SOS를 쳤다. 다행인 건 그가 자세한 설명을 듣기도 전에 너무 좋다며 팀 내 실력 좋은 분들과 같이 나가자고 대답했다는 것이다. 속으로 쾌재를 불렀다. 소셜 매치에서부터 입단 후까지 팀 선배들의 실력을 이미 여러 번 본 후라 같이 나갈 수만 있다면 입상은 떼놓은 당상이 틀림없었다. 상금으

론 뭐하지? 회식하면 뭐 먹지? 머릿속으로 마구 행복회로를 돌렸다. 진아도 잠시 잊고 있던 그날의 선약을 상기하기 전까지는.

"헐, 언니! 까먹고 있었는데 그날 우리 리그 경기 날이에요."

그랬다. 인기 많은 그날, 또 '하필 그날'이었다. 파란 조끼 팀의 클럽 자체 리그 경기가 있는 날. 게다가 그들이 강력한 우승 후보인 상황에서 자체 리그보다 외부 용병 경기를 우선 하라고 할 수는 없는 노릇이었다. 이를 어쩐담?

대회 신청 마감 **D-10시간**
현재 인원 **3명/6명**

단체 채팅방만 봐도 내가 불쌍하게 발을 동동거리고 있다는 게 느껴졌는지 동호회 회원 우주에게 개인적으로 연락이 왔다.

"대회 말이야, 나 참가한다고 해도 인원 안 되나?"
"응, 아직은 안 돼. 참가할 수 있어?"

"같이 하면 재밌을 것 같아서. 일단 내 이름 넣어줘. 어떻게든 해볼게."

코끝이 찡했다. 당시 우주는 풋살을 시작한 지 사흘 된 새내기 중의 새내기였다. 사흘 된 친구도 용기 내어 한다는 마당에 내가 힘을 더 내야지! 무조건 6명을 모아 출전하고 말겠다는 투지가 화르르 불타올랐다.

대회 신청 마감 **D-9시간**
현재 인원 **4명/6명**

머리를 쥐어뜯으며 핸드폰 연락처를 ㄱ부터 ㅎ까지 뒤지기 시작했다. 개중 유소년 축구팀 감독 아버지를 둔 대학 동기의 이름에서 손가락이 멈췄다. 안 그래도 최근 내게 풋살 어떠냐며 물어본 친구였다. 나와 약 150km 떨어진 곳에서 산다는 것이 큰 문제였지만, 밑져야 본전이지? 제발 그 친구가 이미 풋살을 시작한 후이길 바라며 메시지를 보냈다.

"풋살은 저번에 너한테 물어보고 얼마 후에 시작했어. 뭐? 대회? 재밌겠다! 음, 근데 너무 멀기도 하고 내가 토요일마다 댄스 동호회 연습이 있어서 이번에는 일정 맞추기가 조금 힘들 것 같아. 다음에 또 기회 있으면 연락해줘!”

이럴 수가…!

대회 신청 마감 **D-8시간**
현재 인원 **4명/6명**

우리 동호회 회원 중 중학교 때 잠시 축구 선수 생활을 했던 솔희에게 개인적으로 메시지를 보냈다. 보통 오후에는 일을 하느라 바빠서 단체 채팅방을 보지 못했을 거라는 생각이 들어서였다. 아니나 다를까 대회 이야기를 이제야 봤다며 답장이 왔다. 만약 우리 중 가장 믿음직스러운 실력의 솔희마저 불가능하면 사실상 더 모을 인원도 없거니와 왠지 나도 사기가 떨어져 더 이상 애를 쓸 수 없을 것 같았다.

“저, 그날 친구랑 여행 가는 날이에요.”

아이고, 하는 탄식이 입 밖으로 튀어나왔다. 그의

미안함 가득 담긴 답장을 보고 이 대회는 나와 인연이 아닌 것으로 생각하기로 했다. 그래, 인력으로 어쩔 수 없는 일이니 억지 부리지 말고 다음 기회를 노리는 게 나아. 마음을 가다듬고 대회 담당자에게 우리 동호회는 어려울 것 같다고 연락하려는 순간, 솔희의 메시지가 추가로 도착했다.

"언니, 친구가 배려해줘서 여행 일정 조정했어요. 경기 마치고 후다닥 출발하면 돼요. 저 출전 가능해요!"

다시 한번 이럴 수가…! 설레기 시작하려는 심장을 애써 진정시키며 솔희를 채우고 남은 한 자리에 누구를 모실지 머리를 다시 굴리기 시작했다.

대회 신청 마감 **D-5시간**
현재 인원 **5명/6명**

"안 나가. 아니, 못 나가."

집 근처 공원에서 호원, 지민, 그리고 슬기와 만났다. 우리끼리 연습도 하고 공 차며 놀려고 만난 것이지 슬기에게 대회 나가자고 설득하기 위해서는 아니었다. 어차피 입도 제대로 떼기 전에 슬기가 먼저 단칼에 거절한 후였다. 그도 그럴 것이 그가 태어나서 처음 풋살 한 날이 그토록 무시무시했던 소셜 매치 날이었으니. 나였어도 절대 안 나가지, 암. 하지만 한 오라기 실낱같은 희망을 걸어볼 수 있는 것은, 그가 그런 외로운 눈치싸움을 하고도 풋살을 그만두지 않고 계속하고 있다는 점이었다.

"소셜 매치 너무 무서웠단 말이야. '쟤 뭐지?' 하는 눈빛이 엄청 살벌했다고. 대회 나가서도 친구들한테 괜히 민폐 끼치고 싶지 않아."

슬기의 거듭된 거절에 일단은 더 권유하지 않고 잠자코 패스와 슈팅을 연습했다. 그러다 내가 잠시 업무 화상회의를 하러 자리를 떠나게 됐다. 주차장으로 향하며 힐끗 뒤를 돌아보니 슬기는 여전히 즐거운 얼굴로 이리 뛰고 저리 뛰고 있었다. 왠지 모르게 나를 기대하게 만드는 멋진 표정이었다.

"나, 대회 나가기로 했어."

회의를 마치고 온 내게 슬기가 덤덤히 말했다. 한 시간 동안 대체 어떤 멋진 심경의 변화가 있었는지는 모르겠지만 그가 두려움을 누르고 마음을 바꾼 것은 충분히 손뼉 쳐줄 만한 일이었다.

대회 신청 마감 **D-3시간**
현재 인원 **6명/6명**

이렇게 짧고 굵은 우여곡절 끝에 풋살 6개월짜리 3명, 3주짜리 1명, 사흘짜리 1명, 우리의 기대주인 중학교 선수 출신 1명까지 해서 최소 인원을 겨우 맞출 수 있었다. 담당자에게 출전을 확정 짓고 나서야 그 후의 일이 걱정되기 시작했지만 이미 저질러버렸으니 뭐 어쩌겠는가. 내적 콧노래를 흥얼거리며 엔트리를 작성했다. 신상정보와 등번호, 유니폼 정보를 입력하고 묘한 마음으로 내 이름 옆에 붙은 '주장' 두 글자를 바라보았다. 이 용감한 사람들을 이끌 주장이 나라니. 겨우 반 년 된 내가 주장이라니? 문득 파란 조끼 팀 주장의 훌륭한 실력을 떠올리니 더욱 숙연해졌다. 그에 비하면 내 구력과 실력은 얼마나 미천한가.

대회까지는 약 한 달이 남았다. 하지만 다들 본업

이 있으니 풋살 훈련에 매진할 수 있는 물리적인 시간은 더 적을 것이다. '대회 출전'이라는 거대한 첫 번째 산을 잘 넘었으니 앞으로는 있는 시간을 유의미하게 잘 쪼개 써야 '대회용 훈련'이라는 두 번째 산을 잘 넘을 수 있을 터였다.

단 1명의 낙오자 없이 무사히 '대회'라는 고지에 다다를 수 있도록. 내가 아이들에게 읽어 주는 동화책처럼, 대회의 성패보다는 우리만의 성장과 변화에서 배울 점을 찾길 바라며.

갑자기 소심한 모험가의 양어깨가 묵직해졌다.

후반전

하는 만큼 보인다

체육 시간에 농구, 발야구, 축구 같은 경쟁 영역 스포츠를 가르치다 보면 과도한 승부욕을 감추지 못하는 아이들이 서너 명 정도 꼭 나온다. 패배가 속상해 우는 아이, 다른 친구의 서툰 실력에 화를 내는 아이, 자신의 실수에만 관대해서 남들의 원성을 사는 아이. 그런 이들을 포함하여 반 전체에게 항상 하는 말이 있다.

“얘들아, 너희가 선수야? 지면 큰 벌이라도 받아? 이게 무슨 중요한 대회라서 승패에 따라 앞날이 달라지는 것도 아니잖아. 즐기자. 우리 다 같이 즐겁게 배우려고 체육 하는 거야. 친구랑 싸우거나 끝이 안 좋으면 다 도루묵 되는 거 명심해. 알겠지?"

하지만 막상 내가 풋살 대회에 나가기로 결정하니 저렇게 말을 하고 나면 속으로 한 번 더 생각하게 되었다. 그럼 만약에 선수라면? 승패에 따라 당장 앞날이 달라진다면? 마냥 즐길 수 없는, 목숨을 걸어야 하는 상황이라면?

2015 개정 체육과 교육과정에 의하면, '경쟁'은 개인이나 집단 간의 능력을 서로 겨루는 상황에서도 서로 협력하며 상대를 배려하고 정정당당하게 경기에 임하는 가치이다.

물론 학교라는 배움의 공간에서는 충분한 연습을 통해 기술을 익히고, 친구들을 배려하며 정정당당하게 경쟁하는 것이 매우 중요하다. 그래서 아이들을 그렇게 가르치는 나 역시도 교육과정이 추구하는 가치에 너무 길들여져 있는지도 모르겠다. 승리라는 빛 이면에 있는 패배라는 그림자, 씁쓸한 결과 뒤로 딸려 오는 부속물, 주체할 수 없는 승부욕, 나도 모르게 흘리게 되는 눈물 같은 것에 대한 논의는 외면한 채 말이다.

대회까지 남은 시간, 한 달. 발등에 떨어진 불로 우리 나름의 화촉을 밝힌 것을 기념할 새도 없이 날 좋은 가을은 빠르게 흘렀다. 일분일초가 아까운 한 달 동안 뭐부터 시작해야 할지 엄두가 안 날 정도로 우리가 배워야 할 것은 너무 많았다. 일단 개인적 친분이 있던 축구 감독님께 한 달만 단체 레슨을 받을 수 있는지 부탁을 드렸다. 우리가 우여곡절 끝에 대회 출전을 하게 된 이야기를 듣더니 감독님이 씩 웃었다.

"진짜 겁 없네. 어떻게 이런 용감하고 대견한 결정을 했대?"

감독님은 다행히 평일 저녁 한 타임이 비어있다며 승낙해주었다. 남은 시간이 빠듯하니 배우기도 써먹기도 어려운 기술보다는 포지션을 나눠 발을 맞추는 법, 서로 신호를 주고받는 법, 정확한 공 연결과 2:1 패스에 집중한 '대회용' 훈련을 진행하겠다고 하셨다. 감독님과 함께하는 대회용 단체 레슨 하루, 파란 조끼 팀 훈련 하루 하여 평일은 이틀. 주말 중 하루는 풋살 동호회 모임, 그리고 종종 비정기적으로 공원에 모여 우리끼리 연습. 적어도 주당 3일 이상 풋살 훈련으로 채워 남은 나날을 보내기로 하니 마음이 한결 놓였다.

우리 모두의 첫 목표는 '대회 출전 성공'이었다. 그렇다면 다음 목표는 뭐였을까? 각자의 솔직한 속마음은 알 수 없으나 나의 다음 목표는 '웃음거리 되지 않기'였다. 구력이 짧고 경험이 적어도 열심히 훈련하고 경기에 진지하게 임한다면 질 땐 지더라도 존중의 박수는 받을 수 있을 거야! 하는 약간 소심한 마음에서 비롯된 목표.

이 아래로는 다소 소박한 목표를 세워두고 한 여러 훈련 중, 특히 더 반복한 것을 모아보았다. 혹자는 이것 모두 본능적으로 되어야지 글로 옮겨봤자 무슨 소용이 있겠냐고 생각할지도 모르겠다. 하지만 운동선수급의 신체적 감도 없고 비교적 늦은 나이에 공을 처음 차보는 나 같은 사람에게는 배운 것을 글로 정리해보는 것도 꽤 효과가 있었다. 그리고 다른 사람이 글로 쓴 레슨 일지나 말로 하는 설명 역시 도움이 됐으니 내 것도 누군가에게는 아무 소용 없지 않을 것이라 믿는다. (참고로, 나의 정리에 오류가 있을 수 있으며 내가 아는 게 유일한 방법은 아니다. 그저 2022년 10월 말 대회 이후로는 내가 이보다 조금이나마 더 정확하고 다양하게 익혔기를 바라며 현주소를 정리하는 것이다.)

· *트래핑과 패스*

아무리 내가 좋은 위치에 있어도 나한테 오는 공을 제대로 받지 못하면 다음 움직임으로 연결할 수가 없다. 처음에는 공의 충격을 줄이면서 받는 법을 몰라 오는 공을 많이 튕겨냈다. 경기 중에는 공이 내 생각보다 빠르고 강하게 온다. 그래서 밟는 것 외에 발 인사이드나 아웃사이드, 때로는 몸으로 트래핑할 때는 공이 가진 힘을 내 몸으로 완화해야 공이 안정적으로 내 발 바로 밑에 떨어진다. 상체를 안쪽으로 약간 말거나 하체를 낮추는 식으로.

공을 잘 받았다면 이제는 다음 움직임으로 연결할 차례다. 이 대회를 준비할 때는 공을 드리블해 나가는 것보다 패스로 연결하는 연습을 더 많이 했다. 줄 사람의 위치를 미리 파악해두고, 패스는 정확하게 인사이드로 하기. 간단해 보이지만, 트래핑과 패스 전후로 신경 써야 할 것들이 많아 머리 아팠던 기억이 여전히 선명하다.

· *방향 전환*

공을 몰고 가다가 막히면 반대쪽으로 방향을 전환

하는 방법이다. 예컨대, 상대 팀 선수가 내 진로를 방해하는데 우리 팀에게 패스 주기가 어려울 때 얼른 방향 전환을 해서 피해 갈 수 있다. 나는 방향 전환의 타이밍을 잡는 것이 힘들었다. 상대 팀이 가만히 기다리고만 있지 않으므로 그가 내 쪽으로 오는 시간도 계산해야 하는데 시야가 덜 트인 초보자 입장에서는 쉽지 않았다.

① 오른발로 드리블하고 있었다면 왼발에 무게중심을 두고 오른발 끝으로 전진 중인 공을 뒤로 당긴다. 내 몸 앞에 있던 공이 내 오른발 아래를 지나 몸 뒤까지 가야 하므로 적절한 힘을 줘서 당겨야 한다.

② 공이 발아래를 지날 때 몸을 당기는 발의 방향으로 180도 돌린다. 오른발로 당겼다면 오른쪽으로, 왼발로 당겼다면 왼발로 회전. 이때 무게중심의 이동이 느리거나 너무 깊으면 전환이 부드럽지 않다.

③ 이동한다.

· 2:1 패스 (삼각패스)

개인적으로 대회용 훈련을 하면서 배운 것 중 가장 유용했다. 2:1이란 쉽게 말하면 2명의 우리 팀 선수가 1명의 상대 팀 선수를 사이에 두고 공을 주고받으면서 전진한다는 것이다. 모든 코치님과 풋살 선배들이 공통으로 하는 말이 있다. “사람은 공보다 빠르지 않다.” 아무리 발재간이 현란한들 계속 혼자 공을 소유한 상태로 상대 팀을 제치는 것보다 우리 팀과 패스를 주고받는 것이 과정으로 보나 결과로 보나 훨씬 낫다는 말이다. 다만, 그렇게 좋은 방법인 만큼 실패 확률도 높다. 서로 다른 두 사람이 만들어가는 것이라 발과 호흡이 한 사람의 것처럼 잘 맞아야 하기 때문이다. 주의할 점은 시험 문제 찍듯이 내 동료의 다음 움직임을 감으로 추측하면 안 된다는 것이다. 신뢰와 연습을 기반으로 쌓은 데이터를 이용해 ‘티키타카’를 해야 한다. 그래서 더더욱 어렵다.

이 중에는 실제 대회 경기 중에 써먹은 것도, 써먹지 못한 것도 있다. 여전히 잘 되는 것도 있고 지금까지도 완성 못 한 것도 있다. 하지만 몇 번 안 되더라도 해보니까 보이더라. 나는 못하더라도 다른 누가 언제 어떻게 무엇을 쓰는지 정도는 이제 볼 수 있고, 매일 잠들기 전 이미지 트레이닝도 가능해졌다. 그러니까 반대로 말하면, 그전에는 누가 백날 얘기해도 보이지 않았다는 뜻이다. 풋살도 하는 만큼 보인다.

반복 집중 훈련으로 모두가 눈에 띄게 성장하고 있을 무렵 내 풋살 역사상 가장 힘들었던 시기가 찾아왔다. 처음에는 '어차피 꼴등일 테니 많이 배우고 실컷 즐기자!' 정신으로 출전을 다짐했다. 하지만 점차 마음이 바뀌었다. 얼렁뚱땅 시작했을지언정 모두 사비를 들여 진지하게 레슨을 받고, 생업으로 바쁜 와중에도 짬을 내어 연습하면서 서로의 감정 기복까지 보듬어주는 모습을 보았을 때. 약하기만 하던 슈팅에 힘이 실리고 안 되던 2:1 패스가 성공하기 시작할 때. 완장만 찼지, 실력으로는 큰 도움 안 되는 주장도 주장이라고 치켜세워줄 때. 욕심이 점점 커졌다. 더 이상 목표는 '웃음거리 되지 않기'가 아니었다. 어느새 '1골'이 되었고 이는 또다시 '1승'이 되었다.

욕심과 함께 딜레마가 찾아왔다. 대회라는 명백한 조건 아래 승패에 비중을 둬야 하는가, 아니면 아무도 상처받지 않는 아름다운 과정을 만들어내는 것에 비중을 둬야 하는가. 전자에 쏠리면 나의 미운 모습과 직면해야 했다. 어렵게 출전을 다짐했던 6명의 가상한 용기는 전부 잃어버리고 나도 모르게 실력으로 줄을 세우고 있었다. 수비 능력으로 줄을 세우고, 슈팅 파워로 줄을 세우고. 선수를 최소 6명에서 최대 15명까지 등록할 수 있도록 규칙이 바뀌었을 때는 더 심했다. 우리 동호회 외부에서 더 뛰어난 실력자를 용병으로 섭외할까 말까, 섭외한다면 그분을 선발 명단에 넣어야 할 텐데 그럼 우리 팀의 누가 후보 명단, 즉 벤치로 빠질 것인가. 반면 후자에 쏠리면 경쟁 스포츠에서 약자가 되었다. 다른 팀이 6명 이상으로 선수를 등록해 교체 선수를 두며 효율적으로 경기를 전개할 때, 우리는 교체 없이 모두가 풀타임으로 경기해야 했다. 안 그래도 고된 일정으로 다들 크고 작은 부상을 가지고 있어서 위험하기까지 했다. 패배할 가능성도 더 커질 것이다. 즐거워지자고 시작한 것이 더 큰 불행을 가져올 수도 있었다.

물론 가장 좋은 건 그 둘이 적절하게 섞이는 것이라는 걸 누가 모를까. 가장 좋으면서 가장 어려운 방법 아닌가. 일을 벌인 사람이자 팀의 주장으로서 대회 전 2주 내내 딜레마에 스트레스 받으며 살았다. 그 와중에 내 성장이 지진부진하면 우울하기까지 했다. 많은 날 동안 잠도 잘 못 자고 꿈에서도 내내 풋살을 했다. 쉬이 잠들지 못하는 게 짜증 나 혼자 분노의 눈물을 흘린 새벽도 있다. 우리를 돕고 싶어 하는 동호회 회원들의 충고와 조언에도 예민해졌다. 평소라면 고맙다고 웃어넘길 것들이 어찌나 내게 상처를 주던지.

"힘들고 속상한데, 아직은 재밌어. 아직은 스트레스보다 재미가 더 커."

스트레스와 재미의 기회비용을 저울질해 나 자신을 세뇌하면서, 또 우리 팀원들과 하하 호호 즐겁게 훈련하면서, 그리고 우리를 응원하고 돕는 많은 사람의 순수한 의도를 그대로 받아들이려고 노력하면서 하루하루를 버텨 냈다. 지금 생각하면 아무 고민하지 말고 훈련에만 매진했어도 아까운 시간이었다. 게다가 그렇게 지나치게 고군분투할 만한 일도 아니었던 것 같다. '어떻게든 되겠지. 지금 할 수 있는 걸 하자'라는 내 평소 입버릇처럼만 했어도 됐을 텐데. 이건 당시의 내 마음고생을 평가절하해서 하는 말은 절대 아니다. 평온해진 현재에 와서 되돌아보니 과거의 나 자신과 팀원들이 퍽 안쓰러워 늦은 위로라도 건네고 싶어 하는 말이다.

결과적으로 우리는 외부 용병 없이 우리끼리 대회에 출전했다. 포지션도 한 달 동안의 훈련 값과 각자의 희망 사항을 섞어서 정했다. 이 부분에서는 대회용 레슨을 해주신 감독님과 우리 동호회 회원들의 도움을 많이 받았다. 그렇게 처음에 등록했던 여섯에, 해외 출장이 취소되어 뒤늦게 합류한 6개월짜리 혜원까지 일곱으로 팀을 완성했다. 내가 절대로 잊을 수 없을 우리의 첫 베스트 세븐.

이제 대회가 정말로 코앞까지 다가왔다.

진정한 젖잘싸

스트레스 호르몬으로 알려진 '코르티솔*cortisol*'은 말 그대로 스트레스에 반응해 분비되는 물질이다. 심신에 해로운 자극과 맞서 싸울 수 있도록 피를 더 많이 흐르게 하고 근육을 긴장시켜 몸을 예민하게 일깨운다고 한다. 그래서 스트레스를 받을 때마다 가슴이 두근거리거나 뒤통수가 뻐근하면 '내 몸이 코르티솔을 분비해서 잘 싸워주고 있군' 하며 왠지 모르게 안심이 된다.

대회를 고작 닷새 앞두니 고된 훈련의 연속으로 팀원 모두 어딘가 하나씩 고장 나기 시작했다. 발목 부상 셋,

무릎 부상 둘, 그리고 발등 부상 하나까지. 그래도 매일 온몸에 도는 천연 카페인, 코르티솔 덕분에 오히려 다들 통증에는 점점 둔감해지고 있는 듯했다. 물론 대회가 끝나면 잊고 있던 통증이 다시 찾아오겠지만.

우리 풋살 동호회도 끝까지 많이 도와주었다. 얼기설기 포지션과 대형을 짰으니 6:6 모의 경기를 해보고 싶어 구장을 대관했다. 상대 팀 해줄 사람이 적어도 6명은 필요해 우리 동호회에 도움을 요청했다. 평일 늦은 저녁 연습이라 황송한 마음으로 공지를 올렸는데 여섯보다 더 많은 분이 기꺼이, 그리고 흔쾌히 응답해주었다. 모의 경기를 할 때도 진심으로 우리를 상대해 주었다. 진짜 상대 팀인 것처럼 집요하게 쫓아오고, 공을 뺏고, 가벼운 몸싸움까지도 감수했다. 덕분에 우리에게 부족한 부분을 그때그때 캐치하여 수정할 수 있었고 어떤 점이 우리의 강점인지도 알 수 있었다.

새초롬하게 뜬 초승달이 유난히 예뻤던 대회 전날 밤, 며칠 내내 무척 떨리더니 막상 하루 전에는 마음이 차분하게 가라앉았다. 몇 주 동안 잠을 제대로 못 자서 차라리 빨리 끝내고 하루종일 푹 자고 싶기도 했다. 무리하다가 부상이 심해지면 안 되니 감만 잃지 않도록 우리끼리 패스와 슈팅 연습을 하고 신호를 주고받으며 공 뺏기 놀이도 했다. 한창 가을이라 날씨도 참 좋았다. 그냥 그날 밤의 온 기억이 좋았다. 선선한 바람과 팀원들의 웃음소리 덕분일까. "아무리 떨려 죽겠어도 푹 자", "입맛 없어도 아침까지 잘 먹고 만나자"라고 서로 인사를 하며 다들 올라간 입꼬리로 헤어졌다.

"하나도 안 떨려서 세 시간밖에 못 잤어."

대회 당일 아침, 경기장으로 향하는 차 안에서 슬기가 붕어눈으로 말했다. 다들 그랬는지 슬기의 말에 모두 피식 웃었다. 조수석에서 룸미러로 살펴본 팀원들은 저마다 다른 모습으로 긴장을 풀려고 노력하고 있었다. 우주는 괜히 가방을 뒤적이며 소지품을 정리했고, 솔희는 고개를 까딱거리며 멍하니 창밖만 바라보았다. 슬기는 어떻게든 잠을 청하려고 노력했다. 다른 차로 오고 있을 지민, 정윤, 혜원의 안부를 메신저로 확인하다가 나도 어느 순간 까무룩 기절하듯 잠들었다. 운전자로 나선 우리 동호회 남자 회원 강우의 "다 왔다!" 소리에 퍼뜩 정신 차리기 전까지.

바닷가로 놀러 가는 길에 갑자기 푸른 바다가 펼쳐

지면 기분이 좋아지는 것처럼, 풋살 대회 가는 길에 갑자기 초록빛 인조 잔디가 보이니 미소가 나왔다. 이러니저러니 해도 이 순간을 기대하고 있긴 했나 보다. 널찍한 천막 아래 마련된 팀별 휴식 공간에 짐을 풀었다. 준비된 공간이 점점 찰수록 팀들 간에 은근한 긴장감이 감돌기 시작했다. 이미 대진표가 나온 후라 첫 경기 상대를 서로 알고 있었기 때문이다. 우리도 우리와 처음 겨룰 상대 팀 선수들의 시선을 애써 피하며 일부러 밝은 모습을 유지했다. 조금이라도 표정이 굳으면 우리의 걱정이 탄로 나 얕잡아 보일지도 모르니 웃어야 한다. 여유로워 보여야 한다…! (그러나 나중에 받아본 사진과 영상 속 나는 여유롭긴커녕 오히려 비장하기 짝이 없어 보였다. 심각한 표정으로 혼자 미간을 찌푸리고 음료를 벌컥벌컥 마시는 내 모습을 보니, 차라리 이마에 '왕초보' 딱지를 붙이고 있는 게 나았을 정도다.)

첫 경기, 상대 팀과 묵례를 나누고 정해진 자리에 섰다. 전반전의 내 포지션은 '우측 아라' *오른쪽 측면에서 활약하며 최전방 공격수인 '피보'와 협력하는 축구의 '윙어'* 로 '피보'인 솔희와 함께 호시탐탐 골문을 노려야 했다. 서로 눈을 마주치며 고개를 끄덕였다. 이제 할 수 있는 준비는 다 했다.

"삑!"

심판의 휘슬이 울렸다. 이제 실전이야, 콧김을 훅 내뿜고 발을 뗐다. 사람과 공, 경기의 흐름에 최대한 집중하며 때로는 연습한 대로, 때로는 지난 6개월간의 내 감각이 시키는 대로 움직였다. 우리의 전반전은 축구의 45분과 공식 풋살의 20분보다도 짧은 15분이지만, 그렇게 짧은 만큼 일분일초가 소중했다. 45분 중의 1분보다, 15분 중의 1분이 더 거대하지 않은가. 숨이 턱 끝까지 차올라도 사력을 다해 상대 팀을 수비하고 내게 온 공을 살리려고 노력했다. 물론 상대도 나에게 그랬기에 모든 기회가 녹록지 않았다. 하지만 느껴지더라. 나와 가깝게 부딪쳐 지나가는 찰나, 상대 팀 선수의 얼굴도 나처럼 부자연스럽게 굳어있다는 것 말이다. 그뿐인가, 내게 공을 뺏긴 이의 얼굴에 순간적으로 떠오른 짜증부터 어이없게 슈팅 실수를 하고서 머리를 쥐어뜯는 이의 흔들리는 눈동자까지 모두 익숙한 것이었다. 그렇구나. 우리보다 구력이 길고 경험이 많다고 한들, 대회라는 같은 조건에서 긴장하고, 근심하고, 괴로워하는 건 똑같네.

"삐-익!"

17

경고 담긴 휘슬이 길게 울렸다. 우리 골대 바로 앞에서 우리의 핸드볼 파울이 나오고 말았다. 이미 핸드볼로 옐로카드를 한차례 받은 후라 상대팀에게 페널티킥이 주어졌다. 심판이 우리를 페널티 에어리어 밖으로 내보내고 우리 팀 골레이로골키퍼 우주와 상대 팀 키커가 공을 사이에 두고 마주 섰다. 휘슬이 다시 한번 울리고 키커의 발에 맞은 공이 붕 날았다.

"…!"

놀랍게도 그 공은 골대 그물망을 흔들지 못했다. 우리의 영웅, 우주가 정확하게 슛을 막아냈기 때문이다! 경기장 밖에서 응원하던 우리 동호회 회원들과 구경꾼들도 동시에 목청껏 환호했다. 우리도 함박웃음을 지으며 우주를 둘러쌌다. 사흘 차 동호인에 불과했던 그가, 갑작스러운 나의 제안에 용기를 내어 한 달 동안 손과 발이 부르터져라 연습해 얻어낸 쾌거였다. 그 페널티킥 선방 덕분에 양 팀 다 이렇다 할 유효슈팅 없이 경기가 힘들어지고 있을 무렵, 분위기가 한껏 우리에게 넘어왔다. 실력으로 따지자면 진짜 주장이었어야 할 솔희의 움직임도 점점 날카로워지고, 와중에 나도 뭉툭한 슈팅을 한 번 더 했다. 나와

대칭으로 왼쪽에서는 정윤이 열심히 뛰고, 우리 수비 지역에서는 지민과 슬기가 든든하게 골문 앞을 지켰다. 상대 팀 감독님의 표정이 구겨질수록 우리가 잘하고 있음을 실시간으로 실감하며 그렇게 승기를 이어갔다.

"삑!"

이번에는 예상치 못한 시점에 휘슬이 울렸다. 왜 울리는지 이해가 되지 않아 우리 모두 하던 행동을 멈추고 미어캣처럼 심판을 바라보았다. 그런데 아뿔싸, 우리 경기장 심판의 휘슬이 아니었다. 바로 옆 구장에서 들려온 것이었다. 우리가 그걸 깨닫고 정신 차리기 전, 아무도 자신을 막지 않는 꿈 같은 상황에서 상대 팀 선수는 기회를 놓치지 않고 우리에게서 첫 득점을 가져갔다. 우리의 어이없는 실책이었다. 어찌나 황당했는지 골을 넣은 상대 팀 선수도 마음껏 기뻐하지 못하는 애매한 표정과 함께 자기 진영으로 돌아갔다.

후반전 내 포지션은 '픽소'*최후방 수비수*였다. 전반전 내내 아라로 뛰며 체력을 빠르게 소진할 테니 후반전에는 비교적 움직임이 덜한 후방으로 내려가고, 전반전 픽소였던 지민, 그리고 정윤과 교체해 들어온 혜원의 포지션을 아라로 바꿔 활약하게 하자는 전술이었다. 후반전은 확실히 더 격렬했다. 쐐기 골을 넣고 싶은 상대 팀과 동점 골을 넣고 싶은 우리 팀의 마찰이 잦아지기 시작했다. 애매한 터치아웃*경기 중 공이 터치라인 밖으로 나가는 것* 상황에서는 서로 자기 공이라고 손을 들고 심판에게 강하게 어필도 했다. 상대 팀 감독님의 언성도 점점 높아졌다. 시간이 갈수록 그들은 일종의 시간 끌기 작전까지 썼다. 우리와 다르게 많은 후보를 둔 상대 팀이 교체 카드를 1분에 하나씩 꺼내며 시간을 소모한 것이다. 공식 축구 경기라면 교체 횟수에 제한을 뒀을 것이고, 공식 풋살 경기라면 이렇게 무한 교체하며 흘러가는 시간 동안 타이머를 멈췄을 테지만, 축구와 풋살이 애매하게 혼합된 이 경기장에서는 무의미하게 버려지는 시간이 너무 길었다.

힘겹게 버티고 나아가던 후반전 말, 상대 팀 선수가 코너킥으로 낮게 올린 크로스가 누군가의 발에 맞고 우리 팀 골문을 노렸다. 다행히 득점으로 연결되지 않고 튕겨 나왔다. 하지만 튕겨 나온 공이 다시 한번 불길하게 다른 선수의 발을 맞고 낮게 깔렸다. 빠르게 진행된 세컨드 볼*선수가 슈팅한 후에 사람이나 골대 등에 맞고 튕겨 나오는 공*은 골레이로가 손쓸 새도 없이 골라인을 넘었다. 0:2였다.

"삐익!"

심지어 상대 팀의 쐐기 골이 터진 지 얼마 되지 않아 경기 종료 휘슬이 울렸다. 아, 우리가 장렬하게 패배한 것이다.

우리 팀의 분위기는 어땠을까? 아까운 패배에 쓰라린 눈물을 흘리고 있었을까? 며칠 밤 이불을 찰 만한 실수에 잔디라도 걷어차고 있었을까? 아니다. 완전히 반대다. 우리는 우리끼리 얼싸안고 환호성을 지르며 트램펄린 타듯 방방 뛰었다. 축제 분위기였다. 다들 얼마나 환하게 웃고 있었는지 휘어진 눈꼬리에 눈동자가 보이지 않을 정도였다. 촬영하러 온 스태프에게 우리의 선방 활약을 자랑하고, "저 얼마나 된 줄 알아요? 한 달 됐어요, 한 달!" 하며 심판과 상대 팀 선수들에게 앞다투어 자신의 짧은 구력을 불러주었다. 대체 누가 이기고 누가 진 건지. 옆에서 지켜보던 사람들, 좀 어이없었을 거다.

진정한 '졌잘싸*졌지만 잘 싸웠다*'를 이뤄낸 우리. 첫 경기를 화려하게 불태웠으니 남은 일정은 정말로 소풍 같은 순간의 연속이었다. 코르티솔 과다 분비로 허기를 외면하고 있다가 그제야 맘 편히 김밥을 먹고, SNS 이벤트에 참여해 마카롱도 받고, 룰루랄라 10분 거리 편의점과 카페에도 놀러 갔다 왔다. 경기장에서 만난 축구 유명인들과 찍은 셀피selfie는 덤이었다.

한창 쉬던 중 일정이 변경되어 패자전과 이벤트 경기까지 풋살 경기를 두 번 더 할 수 있었다. 패배한 팀에게는 기회가 없는 토너먼트제 대회였지만 먼 길 온 보람이라도 있게 주최 측에서 배려해준 덕분이었다. 이 두 번의 짧은 경기에서는 솔희와 정윤의 멋진 골도 나왔고 승부차기도 경험했다. 나는 발등 통증이 심해져 밖에서 응원만 했는데, 특히 마지막 경기에서는 힘들어도 최선을 다해 뛰는 팀원들이 대견하고 안쓰러워 종료 휘슬이 울리자마자 달려나가 엉엉 울며 그들을 얼싸안았다. 진심으로 벅차올라 그냥 안고 토닥이고 싶었다. 그저 너무 멋지고 자랑스러운 마음이었다.

"나 있잖아, 정말로 너 하나 믿고 참가한다고 한 거야. 다 주장 덕분이야."

모든 일정을 마친 시간. 한 팀원이 분홍빛으로 물들어가는 근사한 하늘을 배경으로 내게 다가와 말했다. 와,

이런 분위기에 이렇게 달콤한 멘트를 갑자기? 이거 거의 사랑 고백이네. 한껏 올라간 광대를 애써 숨기며 나야말로 나를 믿고 함께 해주어 고맙다고 대답했다. 그의 말처럼 어떻게 보면 우리 동호회가 풋살 대회에 출전할 수 있게 된 것 자체는 나 덕분이 맞을지도 모른다. 하지만 애초에 이 사람들이 아니었다면 나 역시 이 귀한 기회를 눈앞에서 날렸을 거다. 그러니까 이건 우리가 모두 같이 한 셈이다. 게다가 팀원 1명도 빠짐없이 내가 좋아하고 아끼는 이들뿐이라 더더욱 그들에게 나 또한 '당신 덕분'이었다고 말해주고 싶다.

나의 짧은 풋살 역사상 가장 굵직했던 일이 끝났다. 후회와 미련은 무조건 남는다. 나는 닥터 스트레인지처럼 모든 경우의 수를 보는 능력이 없는 평범한 사람이기 때문이다. 그래도 가장 큰 소망은 이뤘다. 주장 완장을 찬 나로서 누구 하나 결과로 상처받는 일 없이 모든 과정을 신나는 이벤트처럼 즐겼으면 했던 소망. 물론 만만치 않은 과정의 연속이긴 했다. 처음부터 인원 미달이 될 뻔했던 일도, 대회 직전에 크고 작은 규칙이 불리하게 바뀌어 힘이 빠졌던 일도, 열심히 훈련은 하는데 내 발이 내 발인지 네 발인지 모르겠던 것도. 하지만 내가 그랬듯, 이들도 재미

있었을 거다. 무릎이 쑤시고 잠 못 이루는 밤이 길었어도, 승리의 맛을 보지 못한 채 집으로 돌아왔어도 말이다. 그들이 일일이 말하지 않아도 알 수 있다.

세상에 풋살 시작한 사람은 많아도, 풋살을 시작하자마자 6개월 만에 제법 큰 대회에 주장으로 출전한 사람은 분명 많지 않을 것이다. 우리가 이렇게나 노력했어요, 이만큼의 용기를 냈어요, 이런 보기 드문 일을 해내다니 대단하죠? 계속 외치는 이유는 하나다. 내가 했으면 당연히 누구나 할 수 있다는 뜻이기 때문이다. 열두 살인 내 제자도 할 수 있다. 마흔두 살 먹은 우리 학교 선생님도 할 수 있다. 그러니 축구하고 풋살하고 농구하고 야구하는 여자들이 훨씬 많아졌으면 좋겠다. 연령대도 하한선, 상한선 없이 다양했으면 좋겠다. 나 자신을 강하게 무장시켜주는 코르티솔을 때로는 반갑게 여겨주었으면 좋겠다. 이게 바로 나의 다음 소망이자 사명이다.

〈하프타임〉의 정현과 보경처럼, 혹시 여성에게 진입장벽이 높은 스포츠를 나보다 더 일찍 시작한 선구자가 이 글을 읽고 있다면, 당신의 과거 어느 지점 속에서 현재의 나와 비슷한 모습을 찾아주길 바란다. 그리고 그 모습의 당신에게 우레와 같은 박수를 보내며 그런 당신 덕분에

나 역시도 이렇게 용감해질 수 있었다고 감사 인사를 보내는 바이다.

후반전

아는 만큼 보인다

2002년, 축구 경기를 보며 끊임없이 쏟아지는 물음표를 어찌하지 못했던 열두 살 소녀가 있었다. 경기 보느라 바쁜 아빠와 동생에게는 묻지 못한 채 일부는 책으로 해결하고 남은 것들은 무심결에 잊어버렸었던 과거의 나. (〈2002년에 몇 살이었어?〉 참고) 그래도 지금은 안다. 이 선수가 저 선수에게 공을 보내주지 않는 이유는 그 선수가 패스하기 좋지 않은 자리에 있기 때문이란 것을. 골키퍼가 선수들에게 소리를 지르는 이유는 그가 경기장 전체를 파악하기 쉬운 최전방에 있으므로 지시를 내리기 좋기 때문이란 것도. 등번호의 의미는 나열하기에 너무 길어 생략한다. 검색하면 다 나온다. 발끼리 스치기만 했는데 데굴데굴 구르면서 아파하는 건 이제 보니 너무 당연하던 걸? 뛰어오던 가속도가 있어 풋살화의 낮은 스터드도 무서운데 축구화의 높은 스터드는 오죽할까.

풋살을 직접 하기 시작한 이후로는 나만의 '입축구'도 하기 시작했다. 텔레비전 앞에 앉아 입도 뻥끗 못 하던 시절에 비해, 지금은 시청 중에 벌떡 일어나 감탄사도 뱉고, 부당한 반칙이 나오면 함께 분개하기도 한다. 장족의 발전이다. 그런데 이제는 새로운 물음표가 생겼다. 내 눈에는 비슷한 강도의 충돌인데, 누구한테는 옐로카드를 꺼내고 누구한테는 삿대질 한 번으로 넘어가는 심판에게 향하는 물음표. 선수들이 아무리 격하게 불평해도 근엄하고 단호한 얼굴로 눈 하나 깜짝 않는 기개가 신기하기도 했다.

심판에 대한 첫 호기심은 2019년으로 거슬러 올라간다. 보디 프로필 촬영을 위해 자발적으로 친구와 달리기 하던 무렵이다. 내 운동 동지였던 그는 군대를 부사관으로 전역해 풋살을 취미로 하며 축구 심판 자격증까지 가지고 있어 '여성의 한계'에 대한 내 편견을 많이 깼던 사람이다. 그와 러닝 트랙에서 했던 달리기 프로그램이 바로 축구 심판 자격시험의 체력 테스트 프로그램이었다. 정해진 거리를 제한 시간 안에 들어와야 하는 인터벌 달리기의 난이도가 꽤 높아 축구 심판에게 어떤 능력을 요구하는지 알 수 있었는데, 그때는 상급 축구 심판이 되려고 달리기 연습을 하는 친구가 그저 대단하다고만 생각하고 말았다.

다음으로 갖게 된 호기심은 내가 아이들에게 축구를 가르치면서 시작됐다. 체육시간 활동 중 축구, 티볼, 농구 같은 경쟁 스포츠는 아이들을 가장 많이 싸우게 하는 것이면서 동시에 아이들이 가장 좋아하는 것이다. 그중에서도 성별 관계 없이 그들에게 가장 익숙한 종목은 축구다. 그래서 아이들이 유독 축구를 배울 때 선생님에게 공정한 판정을 요구한다고 생각했다. 아무리 즐겁게 배우려고 하는 거라고 강조해도 승부는 승부이기 때문에 아이들은 상대 팀 친구의 실수에 엄격해진다. 이때 선생님이 전문적으로 판정하면 아이들의 눈빛이 달라진다. 단순히 "우리 선생님은 풋살 하는 선생님이야"일 때만 해도 아이들이 나를 더 신뢰한다고 느꼈는데, "우리 선생님은 축구 심판이야"까지 나아가면 어떨까?

호기심이 가득 찬 타이밍에 좋은 기회가 생겨 축구 심판 자격증 강습을 받게 되었다. 전 세계 축구인이 공통으로 참고하는 경기규칙서를 공부하며 축구협회 임원의 강의를 들었다. 하루 꼬박 10시간 가까이 강의만 들었는데도 지루하지 않았다. 신기한 것투성이였다. 기분이 묘하기도 했다. 축구를 해보고 싶어도 용기를 못 내 책만 찾아봤던 내가 결국 돌고 돌아 다시 축구책을 끼고 앉아있다니!

시간이 갈수록 경기규칙서는 형광펜과 필기로 너덜너덜해졌다. 하는 만큼 보이는 법이니 딱 봐도 평생 축구하고 살았을 것 같은 옆자리 교육생은 하루 종일 꾸벅꾸벅 졸고도 강사님의 기습 질문에 잘만 대답했다. 하지만 나는 하나라도 놓칠세라 열심히 듣고 받아 적었는데도 뒤돌아서면 가물가물했다. 그래도 단 몇 달 동안의 풋살 경험이 큰 도움이 되었다. 헷갈리는 규칙과 반칙은 내가 지금껏 해온 경기 상황에 대입해가며 이해했다. 이론 시험도 꽤 잘 봤다.

다음으로는 체력 테스트와 실전 훈련 차례였다. 달리기에 대해 자격지심이 있는지라 잔뜩 쪼그라든 채 애꿎은 발뒤꿈치만 잔디에 쿡쿡 찍어가며 대기했다. 체력 테스트 내용은 40m 스프린트 6회, 인터벌 달리기 12회. 추운 겨울 아침, 하얀 입김을 제치고 열심히 뛰었다. 결과는 다행히 통과였다. 남녀노소 체력 테스트에서 40% 이상이 탈락해 집으로 돌아간 걸 감안하면, 근 몇 달간 풋살을 하며 많이 뛴 것이 도움이 된 게 틀림 없었다.

곧바로 이틀 내내 실전 훈련을 강행했다. 영하의 날씨에 몸 녹일 새 없이 운동장에서 부심, 주심 훈련을 받았다. 부심기를 펄럭이며 오프사이드, 코너킥, 골킥 신호를 보내는 게 가장 재미있었다. 오른쪽 눈으로는 최종 수비수를 보고, 왼쪽 눈으로는 공의 움직임을 쫓을 줄 알아야 좋은 부심이라는 감독관의 말에 머리가 띵하긴 했지만…. 주심 훈련은 더 혹독했다. 22명의 선수를 파악하는 동시에 공이 가는 곳을 계속 따라다녀야 하니 여간 힘든 것이 아니었다. 왜 체력 테스트를 엄격하게 보는지 본능적으로 이해했다. 오래 뛸 수 없는 자, 심판이 되지 못 하리라.

사실 몸보다는 머리가 더 힘들었다. 초보적인 실수야 처음이니 당연하지만 어려운 것은 주심으로서의 내 판단이 들어가는 부분이었다. 예컨대, 경기규칙서에 따르면 선수가 '위험한 태도로 플레이했을 때' 상대 팀에게 간접 프리킥을 준다(IFAB 2021/22 경기규칙서 제12조). 내 판정상 간접 프리킥 감이 아니라 경기를 이어가라고 "플레이 온(Play on)!" 하고 외쳤는데 선수가 일부러 계속 엎어져 있거나 내게 성큼성큼 가까이 붙어 항의하면, 프로 주심의 기개는 개뿔. 당당히 어깨 피는 것조차도 어려웠다. (당시에는 실전 훈련이라 일부러 그런 상황을 만들어 경험한 것이다. 오해 금지.) 합격한 남자분들은 대부분 축구를 잘 알고 잘하지만, 상대적으로 나는 양쪽 다 아니니 더 주춤거리게 될 때, 마음속으로 몇 번이나 "엄마, 아빠, 나 어릴 때 왜 축구 안 시켜줬어?"를 시전했는지. 그래도 감독관이 "이번 경기 부심 해볼 사람?", "이번 경기 주심 해볼 사람?" 하고 지원자를 구할 때마다 이 악물고 손을 번쩍 번쩍 들었다. 많은 사람 앞에서 실수하고 틀리는 게 부끄럽고 두렵더라도, 배울 기회는 열렬히 잡는 게 맞는 것이라고 내가 아이들에게 가르치니까.

끝까지 살아남은 약 60명의 합격자 중 여자는 딱 3명이었다. 그것이 못내 아쉬웠다. 그래도 점점 성인지감수성에 대한 논의가 활발해지고, 여자 축구나 여자 풋살이 수면 위로 떠오르고 있으니 우리나라 축구 심판 훈련장에 존재하는 성별의 진입장벽도 점점 낮아지기를 기대해 본다.

지난 2022 카타르 월드컵 본선에서 92년 역사상 처음으로 여성 심판이 6명이나 활동을 했다. 여섯 분 모두 침착하고 예리하게 판정했고, 많은 이들에게 깊은 인상을 남겼다. 내가 심판 훈련을 받을 때도 많은 임원 분이 나를 포함한 3명의 여성 합격자에게 "열심히 해서 국제 심판의 길도 걷고, 월드컵에도 나아가라"며 격려해주셨다. 월드컵 본선이라는 큰 무대에 무려 92년 만에 등장한 여성 심판들이 없었다면 이런 격려를 들을 수 있었을까 싶어 씁쓸했지만, 그런 분들이 앞길을 닦고 있기 때문에 내가 응원의 말을 한마디라도 더 들을 수 있었다고 생각한다. 마치 풋살 선구자들이 닦아둔 길을 내가 거부감 없이 좀 더 편하게 뛰고 있는 것처럼 말이다.

다시 내 본업 현장으로 돌아와 보자. 풋살을 시작하고 축구 심판 자격증까지 딴 이후에 풋살 수업을 한 달 정도 진행했다. "선생님 하는 건 너희도 할 수 있어!" 하며 계속 자신감을 심어줬기 때문에 여학생들도 망설임 없이 도전했다. 움직임 자체를 모르는 아이들을 위해서 트래핑이나 인사이드 패스는 한 차례 더 연습도 시키고, 쉬는시간에는 아이들의 발 인사이드와 아웃사이드에 직접 공을 갖다 대주며 어떤 느낌인지 경험할 수 있게 해주었다. 선생님이 나서서 그러니 이미 잘하는 아이들까지도 와글와글 모여들어 풋살을 처음 해보는 친구들에게 자기들 나름대로의 노하우를 전수했다. 그런 분위기가 만들어져서 다행이었다. 내가 그랬듯 아무 준비 없이 뛰기만 해도 아이들

은 즐거워 하겠지만, 혹시라도 처음부터 막막하고 답답한 마음이 들면 자칫 다른 구기 종목에까지 거부감을 불러일으킬 수 있기 때문이다.

경기 도중에는 분위기가 거칠어지면 경기규칙서에 나오는 전문 용어를 사용해 제지했다. "방금 힘이 너무 실렸어. 계속 그렇게 위험하게 경기 하면 간접 프리킥이야." "아이고, 이러면 안 되는데. 완전 옐로카드 감인데. 반스포츠적 행위 *경기 도중 발생하는 비상식적인 말이나 행동* 알지?" 내가 사용하는 전문 심판 용어에 아이들은 열광했다. 어떤 아이는 '파울'과 '프리킥'이라는 두 낱말이 마음에 들었는지 반복해 읊었고 유소년 축구클럽에서 축구를 배운다는 아이는 나를 순간 "코치님!"이라 잘못 부르고 머쓱해하며 헤헤 웃었다. 난생 처음 공을 차보는 아이들도 계속 나의 풋살 영상을 보여달라 부탁하고 내가 없어도 친구의 공을 빌려 스스로 연습을 했다. 역시나 재미있어하고 멋있어하는 데에는 성별 차이가 없었다.

"다양한 경쟁 상황과 방식의 신체 활동을 통해 집단 내 공동의 목표를 추구하는 경쟁 과정을 경험하고, 페어플레이와 스포츠맨십 등의 협동과 공정한 태도를 길러 건강한 미래 사회 공동체를 만들어 가는 기초적 능력을 기를 수 있는 영역"이 '경쟁'의 영역이라고 정의된 것처럼, 내년에도 내후년에도 나는 아이들과 함께 풋살을 하며 우리 학급 공동의 목표를 추구하는 경쟁 과정을 경험할 것이다. 아이들의 경기를 헤집고 뛰어다니는 심판도 할 것이다. 담임선생님의 특권으로 성별과 능력의 차이를 그나마 가장 공평하게 만들 수 있는 학교 체육 시간, 그 짧은 시간에라도 이 정의에 입각한 경쟁 활동의 맛을 보여주고 말테다.

무엇이든 하는 만큼 보이고 아는 만큼 보인다. 비록 대단하지 않은 이유로 시작하긴 했지만 무식한 사단장 시절을 거쳐 고독한 눈칫밥을 깨작이다 보니 하는 만큼 시야가 넓어지고 아는 만큼 생각이 깊어졌다. 이 모든 것이 고작 7개월 동안 일어난 일이라는 것이 나도 놀랍다. 그래서 더 설렌다. 앞으로는 얼마나 더 많은 것을 배우고 어떻게 성장할지. 아니, 앞날은 모르니 사실 얼마 못 하고 그만둘지도 모른다. 그래도 그것대로 괜찮다. 풋살이라는 경쟁 과정을 경험하면서 단단한 팀원이 되고 든든한 선생님이 되었으니까, 내가 앞으로 살아갈 인생을 조금이라도 더 건강하게 만든 것만으로도 대만족이다.

“후우-”

깊은 숨을 내쉬며 허리에 양 손을 올리고 당당히 공을 밟고 섰다. 마지막으로 입꼬리를 올려 빙그레 웃자 내 풋살 인생 후반전 종료 휘슬이 울렸다.

자, 이제 다음 경기를 준비하자.

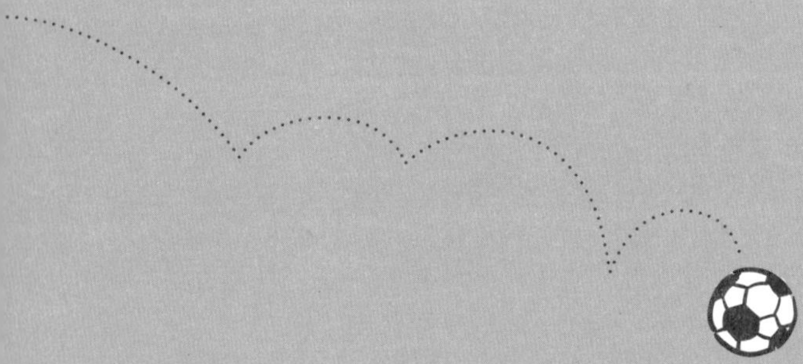

부록

풋살 규칙

5인제의 실내 축구의 국제적인 형태로, 풋살(FUTSAL)은 축구를 의미하는 스페인어 'Futbol Sala'과 실내를 의미하는 프랑스어 'Salon'이 합쳐져 생긴 명칭입니다.

1. 경기장

- 면적

경기장 면적은 직사각형으로 길이 25m 이상 42m 이하이며, 국제 경기에서는 길이 38m 이상 42m 이하의 경기장을 이용합니다.

- 골대

터치라인이 38~42m이고 골라인은 18~22m입니다. 제일 많이 쓰는 규격은 20~40m입니다.
골대는 골라인의 중앙에 가로 3m, 세로 2m입니다. 골대는 골라인의 중앙에 3m 거리(안쪽거리)로 두 개의 포스트를 세우되 그 포스트 위에 수평의 크로스바를 연결시키고 크로스바 하단의 높이를 지상에서 2m로 합니다. 크로스바의 넓이와 두께는 8cm이여야 하고, 네트는 골 뒤쪽에 포스트와 크로스바에 부착해야 합니다.

- 선수 교체 지역

중앙선의 양쪽으로 3m 떨어지고 후보 선수 벤치(bench)가 있고 터치라인에서 수직으로 되는 곳에 80cm 길이(필드(field) 안으로 40cm, 필드 밖으로 40cm)의 두 라인을 그립니다. 교체 시 선수들은 이 두 80cm 라인 사이에서 필드로 출입해야 합니다.

2. 공

풋살공은 4호를 사용합니다. 일반 축구공이 5호인 걸 감안하면 조금 더 작고, 탄성이 상대적으로 떨어져서 축구공보다 땅에서 덜 튀어 오릅니다. 풋살은 경기장이 작은 만큼 공이 잘 튀기게 된다면 아웃라인을 넘어가게 되고 경기의 흐름이 자주 끊길 수 있습니다.
그리고, 심판의 허락 없이 경기 도중에 볼을 바꿀 수 없습니다.

3. 경기 인원

각 팀은 5명으로 구성되며, 그중 1명은 의무적으로 골키퍼가 됩니다. 만약 경기 도중 선수가 퇴장 당해 한 팀의 선수가 2명도 안될 경우 그 경기는 그만두어야 합니다.

선수 교체는 7명까지 가능합니다.
빠른 선수 교체는 숫자에 제한이 없으나, 골키퍼는 경기가 중단 됐을 때에만 교체가 가능하다. 한번 교체되었던 선수도 교체되어 경기장에 들어갈 수 있다.
골키퍼의 교체는 어느 선수와도 이루어질 수 있으나, 반드시 미리 심판에게 요청해야 하고 교체는 경기가 중지되었을 때에 가능합니다.

- 포지션

피보(pivo): 상대 팀과 등을 지고 같은 팀의 플레이를 돕는 공격수
아라(ara): 공격적인 역할과 동시에 수비적인 역할까지 도맡아 하는 역할
픽소(fixo): 골키퍼와 가장 가까이에 있는 수비수, 수비 능력과 중거리 슛의 능력을 요하는 포지션
골레이로(goleiro): 골키퍼

4. 경기 시간

경기 시간은 20분씩 2번 합니다. 시간 측정은 시간 계시원이 담당하며, 만약 시간 계시원이 없으면 주심이 이 일을 시행합니다.
페널티킥의 시행에 의해 경기 시간이 연장 될 수 있습니다.

- 작전타임 (1분, 전반과 후반 각 1번씩 총 2분)
  a. 팀의 코치는 1분 작전타임을 계시원에게 요청할 권리가 있다. 만약, 경기가 무승부로 끝난 경기에서 정규시간 외의 시간을 더 소요하게 했을 경우 연장전 시 작전타임은 없다.
  b. 볼이 아웃 오브 플레이가 되었을 때 주심과 구별되는 호루라기나 소리 나는 것으로 작전타임의 허락을 알린다.
  c. 작전타임이 허락되면 선수들은 경기장 안에 모일 수 있다. 만약 팀의 관계자로부터 지시를 받고 싶다면 교체선수의 벤치(bench)가 있는 곳의 터치라인에서 할 수 있다. 선수는 경기장을 떠나서는 안 된다. (또한 지시를 하는 관계자는 경기장 안에 들어 갈 수 없다.)
  d. 전반에 주어진 작전타임을 사용하지 않았더라도 이것이 후반에서 보충되지 않는다.

- 하프타임(half-time)
  하프타임의 시간은 10분을 넘지 않습니다.

5. 파울과 반칙

파울은 각 팀당 5번만 허용됩니다. 만약 5번이 넘어가면 그때부터 반칙을 할 때마다 프리킥이 주어집니다. 수비벽을 세울 수 없고 바로 골문으로 슛을 할 수 있습니다.

반칙을 행하고 경기장 밖으로 퇴장 할 때는 경기가 중지되며, 일단 퇴장 당하면 그 선수는 다시 경기를 할 수 없고 교체선수 벤치(bench)에도 앉을 수 없습니다. 선수가 퇴장 당한 팀은

2분이 지나기 전에 점수가 나지 않는 한 선수가 퇴장 당한 후
2분 뒤에 다시 팀을 채울 수도 있습니다.

- 퇴장

심판의 판단에 다음과 같은 행위를 하는 선수는 퇴장 당한다.

1. 심한 파울(foul)을 할 때
2. 난폭한 행위를 하였을 때
3. 파울(foul)을 이용하거나 모욕적인 언어를 사용할 때
4. 경고를 받은 반칙을 다시 두 번째 범할 때

6. 프리킥

직접 프리킥(상대 쪽 골대로 직접 득점시키는 것)과 간접 프리킥(득점 전에 키커 외의 선수가 공을 한번 플레이하거나 터치 하는 것)으로 분류합니다.

직접과 간접 프리킥을 구분하기 위해 심판은 간접 프리킥일 때 자신의 머리 위로 손을 올려 표시합니다. 프리킥을 할 때 상대편의 선수들은 볼이 플레이되기 전 적어도 5m 이상 떨어져 있어야 합니다.

상대선수가 5m 안으로 들어오면 프리킥을 다시 시행합니다. 프리킥을 행할 때 볼은 정지되어 있어야 하고 키커는 다른 선수가 볼을 터치하거나 플레이하기 전에는 두 번 볼을 플레이 할 수 없습니다.

7. 페널티킥

페널티킥(penalty kick)은 페널티 마크(penalty mark)에서 행해지며 골키퍼와 페널티킥을 할 선수를 제외하고 모든 선수들은 장내에 페널티 에어리어(penalty area) 바깥 적어도 페널티 마크로부터 5m 밖에 있어야 합니다.

골키퍼는 킥이 실행될 때까지 골포스트(goal post) 사이의 골라인(goal line)에 발을 붙이고 서 있어야 합니다. 페널티킥을 하는 선수는 볼을 앞으로 차야 하며 다른 선수가 건드리기 전에는 볼을 두 번째 건드릴 수 없습니다.

페널티킥으로 직접 점수를 득점 할 수 있습니다.

8. 킥인

축구는 스로인(throw-in)을 손으로 하지만, 풋살은 터치라인 밖으로 공이 나가면 킥인(kick-in)을 합니다. 이때 중요한 것은 디딤발이 경기장 안으로 넘어가면 안 된다는 것입니다.
킥 인으로 직접 득점은 할 수 없습니다.

볼이 지상이나 공중으로 터치라인을 넘어 갔을 때 볼을 나가게 한 선수의 상대팀 선수가 어떠한 방향으로든 발로 차서 게임이 다시 전개됩니다.

볼을 킥인하는 선수는 각 발이 터치라인을 밟거나 터치라인 바깥쪽에 있어야 한다.

볼은 터치라인에 움직이지 않게 고정되어 있어야 하며, 킥 인을 실행 할 때 상대 선수들은 그 곳에서 적어도 5m 떨어져야 합니다.

9. 코너킥

볼이 골포스트(goal post) 사이를 제외하고 땅으로든 위로든 수비 팀에 의해 골라인(goal line)을 지났을 때는 공격 팀에게 코너킥(corner kick)이 주어집니다.
코너킥은 정확하게 골라인과 터치라인이 교차되는 교차점에서 볼을 차게 됩니다. 코너킥으로 직접 득점할 수 있습니다.

- 승부차기로 승자를 결정하는 경우

a. 주심은 승부차기를 할 골(goal)을 정한다.

b. 어느 팀이 선축할 것인지 코인(coin)을 토스(toss)해서 결정한다.

c. 각 팀의 5명의 다른 선수가 교대로 5번 볼을 차서 실시한다. 이 5명의 선수는 각 팀의 감독이 페널티 킥(penalty kick)을 실시하기 전에 주심에게 알려야 하며 이 선수들은 경기 전 정해진 12명의 선수 중 한 사람이어야 한다.

d. 두 팀이 5명이 킥을 한 후 동점이거나 한 점도 득점하지 못하면 같은 방법으로 볼을 같은 숫자만큼 차서 먼저 점수를 내는 팀이 나올 때까지 한다. (5명이 차는 것이 아니고 1명씩 다른 선수가 찬다.)

e. 처음 5번 뒤의 골은 앞에서 차지 않았던 선수가 한다. 이 선수들도 다 차고 나면 위의 c에 언급되었던 선수들이 같은 방법으로 공을 찬다.

f. 퇴장을 당한 선수는 페널티 킥(penalty kick)을 찰 수 없다.

g. 아무나 적당한 선수가 골키퍼를(goal keeper) 대신 할 수 있다.

h. 페널티 킥(penalty kick)이 이루어지고 있는 동안 모든 선수들은 반대쪽 경기장 안에 있어야 한다. 이 지역의 경기장과 선수는 부심이 관할한다.

10. 오프사이드

축구에서는 패스하는 순간에 수비수보다 상대 공격수가 골대 안쪽 가까이 있을 때 오프사이드를 선언합니다. 이에 반해, 풋살에서는 오프사이드가 없습니다. 그렇기 때문에 상대 수비수보다 골대에 가까이 있어도 전혀 상관이 없습니다.